敵前の森で

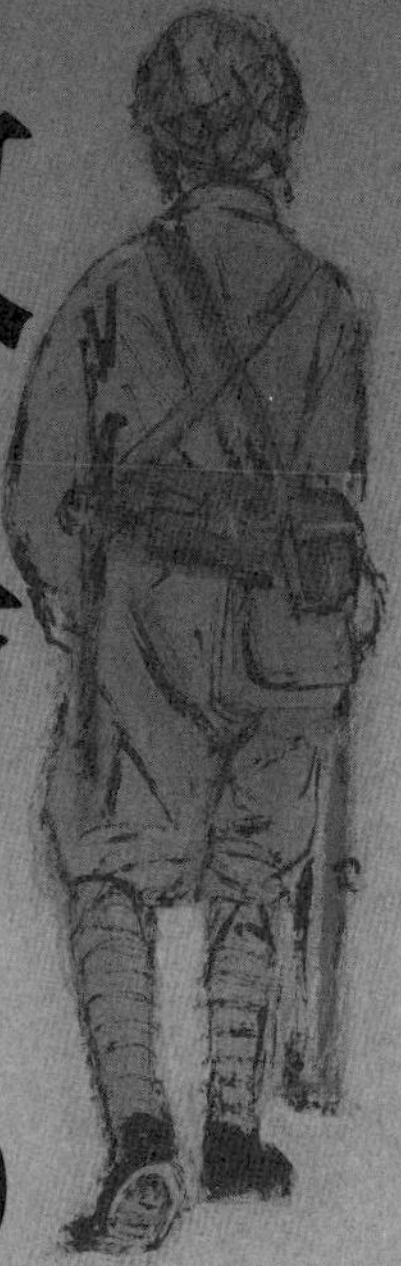

古処誠二

双葉社

敵前の森で

装画　大野博美
装丁　高柳雅人

序

エニン村での駐屯開始から間もなくモンテーウィンの鋭い聴力に気がついた。大隊から運ばれてきた二斗カマスの積み分けがその日の最初の任務だった。班長の指揮のもと、佐々塚《ささづか》も襦袢《じゅばん》姿でカマスを担ぐことになった。

ビルマは乾期にあり、陽射しは午前中から容赦がなく、トラックの間を何度か往復しただけで汗が噴き出した。

額《ひたい》をひとつ拭《ぬぐ》ったとき、空を見上げるモンテーウィンの姿がふと目に留まった。労務参加している村人のひとりに過ぎず、それまでは特に注目する理由もなかった少年である。

たちまち不安げな表情になるとモンテーウィンは周りの労務者と兵隊を見渡し、その末に佐々塚と目を合わせた。気弱そうな眼差しだった。叱られるとでも思ったのか曖昧《あいまい》な会釈とともにモンテーウィンは再び体を動かし始めた。

ほどなく他の労務者が「飛行機が来る」と騒ぎ始めた。作業は中断され、防空壕や森にめいめいが避難を開始した。

森へ駆け込むモンテーウィンを佐々塚は追った。憤りのためだった。

「お前、誰よりも早く気づいただろ」

シャツを掴み、人気《ひとけ》のない森の一角へと引きずり込んだ。一秒の差が生死を分ける日々にあれば敵機の飛来を知らせぬビルマ人は許せるものではなかった。何かしらの悪意の持ち主、もしくはスパイでもない限りそんな真似はできないはずである。

「答えろ。お前はいち早く爆音に気づいただろ」

間近に見れば幼さの残る容貌だった。モンテーウィンは怯《おび》えた声で「いいえ」と答えた。ビルマ人に嘘をつかれた経験すらそれまでなく佐々塚の憤りは膨らんだ。たとえばこれが成人であれば迷わず殴りつけていただろう。

爆音はみるみる近づいてきた。空のゲリラとも呼ばれる街道荒らしの低空飛行だった。幸いというべきか機銃掃射の一連射のみで爆音は通過した。

苦労の大半は敵機によってもたらされる。兵站《へいたん》線は前線へ近づくほど細分化し、中部ビルマともなれば自動貨車大隊も分散駐屯が常態化していた。僻村《へきそん》としか呼べないエニン村に中隊が押しやられたのも、任務の必要というよりは空襲対策の一環だった。

「分かるか。今の掃射は牛車道に対して行われたものだ」

爆音と佐々塚の両方にモンテーウィンは首をすくめていた。

「もし掃射がこの村に行われていたらどうだ。退避の遅れた者がやられたらどうだ。自分の責任ではないとお前は知らん顔できるか」

「できません」

「ではなぜすぐに知らせない」

気が弱いだけではない。引っ込み思案なのである。敵機の爆音に気づいたあと、モンテーウィンは明らかに誰かが気づいてくれることを祈っていた。まったく情けない少年だった。

「名前は」

無名の百姓でいることは許さないと意を込めて質《ただ》すと、モンテーウィンは視線をそらしながら名乗った。年が十七であること、家が村の南域にあること、母親および三人の弟と暮らしていることを佐々塚は聞きだした。

「名誉や不名誉とは無縁だとしてもビルマ人が戦に無関心でいていい道理はない。過去百二十年、ビルマがイギリスの搾取を受けてきたことをお前も知っているだろう。反英闘争には僧侶も身を投じたことを知っているだろう。イギリスの再来を防ぐ戦いに若い男が全力を尽くさずにどうする」

ビルマ人の気性の優しさは、どうかすると腑抜けの印象をともなう。軍人とは対極にあると言っても過言ではあるまい。突き放し、改めて上から下までを眺める佐々塚に、モンテーウィンはまた目を逸らした。

「ビルマが独立したことを知っているか。ビルマが日本と同盟を結んだことを知っているか。ビルマがイギリスに宣戦布告したことを知っているか。お前は自分がビルマ人であることを知っているか」

すべてに対して「知っています」との返事がなされた。モンテーウィンの顔はすでに蒼白だった。

「そうか、何もかも知っているのだな。だったらもう言うことはない。お前には敵機の飛来を知らせる義務がある。大声をもって知らせる義務がある。いいか、次はないぞ」

他聞のない森へ引きずり込んだのは今後を考えてのことだった。すなわち完全な服従を強《し》いるためである。鎮《しず》まらない憤りに任せて佐々塚は告げた。

「もしまた他人任せにしてみろ。俺はお前を殺す。脅しではない。必ず殺す。いかなる刑罰を受けようと俺は平気なのだ。迷惑をかける親兄弟のひとりとしていないのだ」

1

将校宿舎の一室に入ると、開け放たれた窓のそばで英人の大尉がタバコを吸っていた。

「北原信助《きたはらしんすけ》少尉ですね。その椅子へどうぞ」

無用な物の一切ない室内は、きっとそれ自体が圧力だった。正式な尋問であることを示すように机と椅子だけが置かれているのだった。

英人大尉は厳粛な面持ちをしていた。鏝《こて》の当てられた制服には一分《いちぶ》の隙もなかった。紳士を自認するひとりに違いなく挙措《きょそ》はどこか優雅ですらある。机上に伏せられていた紙ばさみを手にすると流れるような身のこなしで対面に腰掛けた。

「生年月日と出身地と原隊と兵籍番号を教えてください」

しょせんは念のための確認でしかなかった。人物同定はあっさり終わり、吸い差しが灰皿に押しつけられた。

「わたしは語学将校を務めていまして方々の俘虜《ふりょ》収容所を回っています。これまで上は大佐、下は上等兵まで尋問してきました。下準備をしてくれる有能な部下に助けられてのことですが多忙に変わりはありません。このあとも予定がびっしりです」

「時間をかけたくないという意味ですか」

「そのとおりです」

日本語には違和感がほとんどなかった。軍歴はともかく一度は日本で暮らした経験のあることは疑いようがない。戦中から俘虜を相手にしてきた人間である。

「そういうわけですので単刀直入に言います。北原少尉、あなたには戦犯容疑がかかっています。捕虜の処刑および民間人に対する虐待容疑です」

反英ゲリラの情報収集や戦いの検証に英印軍は力を入れているとささやかれていた。その類《たぐい》の尋問であるよう心のどこかで祈っていたことは否定できず、北原はかすかに顔が強ばるのを感じた。

「去年の六月下旬、土屋《つちや》隊の一員としてあなたはチンドウィン河を渡りましたね。その後はアラカン山系へと踏み込んでいる。詳しく言うなら、グクイム道からスルサーラ道へと進みツンフタン部落に入っている。任務はインパール作戦における敗軍収容と遅滞戦。当時あなたは見習士官だった。間違いありませんか？」

無表情に努める北原に英人大尉は満足の気配を発していた。圧力のひとつのつもりか、革鞄から取り出した英和辞典を机上にそっと置いた。

「返事をしてください。間違いありませんか？」

「ありません」

紙ばさみが膝に載せられたかと思うと、背もたれに体重が預けられた。尊大に構えているわけではなかろう。本人が強調するだけの場数は踏んでいるのであって、むしろ尋問に飽きがきているように見えた。

「スルサーラ道における経験と知見のすべてを聞かせてください。特にツンフタン部落への進出から撤退までです。一年以上前となれば記憶の薄れているところはもちろんあるでしょう。事実誤認もあるかも知れません。しかし嘘だけはつかないでもらいたい。それは時間の無駄ですし、あなたの心証が悪くなるだけです。我々はスルサーラ道の住民やジョゼフ・カールトン中尉からも話を聞いています」

出し抜けにタバコを勧められ、オイルライターの火が向けられた。質の良さが収容所で噂になっているネプチューンという銘柄だった。

反応の観察が目的であるらしく、北原が煙をひとつ吐くまで英人大尉は無言で待った。

「もしひとつでも偽りを述べたらわたしはあなたを殺します。脅しではありません。必ず殺します」

吹き込んだ微風に煙がかき消された。

英印軍は衛生管理に手を抜かず、俘虜収容所の一帯は蚊と蠅が極めて少ない。それでなくとも乾期のテナセリウム地区は過ごしやすい。窓外には緑のみずみずしい疎林が広がり、その向こうではサルウィン河の支流が陽光を跳ね返していた。呆れるほど青い空とあいまって、どこぞの別荘地を思わせるほど美しい景色である。

多くの部下を死なせたあげくおめおめと敗戦を迎えた自分になぜこれほどの環境が与えられたのか。そんな疑問を深めていたところに現れた語学将校には帳尻合わせを見ぬわけにいかなかった。

おそろしく美味なタバコが毒に感じられて北原は二口で消した。

＊

土屋隊は自動貨車大隊から抽出された兵力だった。北原は確かにその一員としてグクイム道からスルサーラ道に入り、ツンフタン部落へと進んだ。

雨期のアラカン山系は泥濘《でいねい》に占められ、健兵のみで編成された土屋隊の行軍も思うように捗《はかど》らなかった。チンドウィン河の渡河《とか》から十日目となるその日は溜まった疲労もすでに重かった。露営地出発間際に降った雨も手伝い、ツンフタン部落までの二時間ほどで誰もが顎を出していた。

だからといってへたり込めるような余裕はなかった。部落にはコヒマから撤退してきた歩兵が溢れ、そのことごとくがもはや兵隊と呼ぶのもむずかしい状態だった。

「全員が栄養失調のマラリア持ちだ。三分の二は何かしらの負傷を合わせ持っている」

撤退将兵を指揮している歩兵大尉は土屋中尉の敬礼を受けるなりそう言った。自身がマラリアに震え、軍刀にすがり、どうにか立ち得ている有様だった。髭にはシラミが這い、鈍い光を放つ目は落ちくぼんでいた。ツンフタン部落で掌握している将兵は四十五名、うち独歩可能な者は半数であることがかすれた声で語られた。

「ときに貴隊は何名だ」

「三十二名です」

土屋隊が輜重兵《しちょう》であることとトラックの運用経験しかないことを知ると歩兵大尉は一瞬目を伏せた。

「いや、よく来てくれた。地獄で仏とはこのことだ。後送の差配は貴官に任せる。担送に手を貸してくれる住民もここにはいる。大きな問題が起きなければ数日でグクイム道まで退《さ》がれるだろう」

ツンフタン部落には長屋のごとき高床式住居がいくつかあるだけだった。ナガ族の部落である。蠅をまとった傷病兵が床下にまで雑魚寝し、住民はといえばその世話をする者が散見されるだけだった。

血膿と糞便の臭いを嗅ぐうちに北原は嘔吐感を覚えた。落ち着く暇も与えられなかったのは幸いだったと言える。「できれば英語の心得がある者を第一線に出せ」との言葉を受けて土屋中尉は振り返った。

「北原、班の全力を率いて第一線へ向かえ。モンテーウィンをつける」

班の全力とは隊の約半数であり、モンテーウィンとは隊における唯一のビルマ人兵補だった。

おそらく土屋中尉はすでに相当な危機感を覚えていた。

歩兵大尉によると第一線は西方わずか二・五キロの地点であるらしかった。五の川と名付けられた川に後衛尖兵《せんぺい》の一個分隊が布陣しているという。

一筆したためた藁半紙《わらばんし》を北原に直接寄越して歩兵大尉は言った。

「一個分隊といっても七名だ。地の利を得てはいるものの敵が強襲に出れば保《も》つまい。五の川を突破されたなら傷病兵後送どころではなくなる」

とにかく急がねばならなかった。縦隊のまま待機している班に北原は告げた。

「状況は理解できたな。背負子《しょいこ》は置いていく。各自三食分の焼き米および乾パンを雑嚢に詰めよ。急行軍だ」

指定された軒先に背負子を立てかけながら班員の多くは緊張を隠せずにいた。部下と自分の死に対する覚悟を北原は密かに固めた。自動貨車大隊には対歩兵戦闘の経験を持つ者などひとりとしていなかった。


スルサーラ道には朝霧がまだ残っていた。

駄馬すら通れぬ難道である。修験《しゅげん》のそれが連想されるほど起伏と蛇行が激しく、急行軍を命じたところで歩度は知れていた。二・五キロという距離も地図上のことでしかなかろう。途中で土砂崩れ地点にぶつかったこともあり、到着までには結局一時間半近くを要した。

先の思いやられることがさらに続いた。五の川で指揮を執っていた歩兵軍曹は北原班の到着にまず顔をしかめたのである。

「ふうん、方面軍直轄の自動貨車大隊か。ずっと後方にいたわけだな」

悪戦苦闘の末の撤退では軍紀の乱れが避けられず、加えて輜重兵は軽侮《けいぶ》されがちである。北原の襟に見習士官の徽章《きしょう》を確かめると歩兵軍曹はこれみよがしの舌打ちをした。

争ったところで虚しいだけだった。歩兵大尉から手渡された藁半紙を北原は押しつけた。

「輜重兵を珍しがっている時間などなかろう。布陣を交代する」

班の到着は実のところ間一髪だった。あと十分も遅れていれば五の川は突破され、土屋隊も歩兵たちも傷病兵の大半を見捨てての潰走《かいそう》に追い込まれていただろう。

藁半紙がしまわれると同時に川の方向から銃声が上がり始めた。

歩兵軍曹は特に慌てなかった。「ちょうどいい。迫撃砲《ハク》が来るだろうからな」と意味の掴めないことを述べながら川へと進み始めた。

「なあ見習士官、あんた英兵なりインド兵なりを見た経験はあるのか」

「ない。さしあたって貴官が指揮を執れ。我々も含めてだ」

「言われるまでもない」

早足で進みながら歩兵軍曹は鉄帽をかぶり直し、ぞんざいな手つきで銃の槓桿《こうかん》を引いた。歩兵に倣《なら》うよう命じる北原に部下たちは息を呑む表情になった。

道が下りに入ったとたん銃声が大きくなった。第一線はゆるい谷だった。ほぼ同時に背後で迫撃砲弾の炸裂音が上がり始めた。

「敵の手順だ。迫撃砲が先になる場合もあるから気をつけろ」

さらに銃声が大きくなったとき歩兵軍曹は足を止めた。姿勢を低め、そのまま一帯の様子をうかがうと、「こっちだ」と右へうながした。

道を一歩外れれば蔦葛《つたかずら》が視界をより狭《せば》める森だった。物乞いじみた姿に反して歩兵軍曹の動きは速く、ほどなく茂みに身を沈めた。

「ここで待っていろ」

壕があるらしく、巨大な菩提樹《ぼだいじゅ》を囲む藪へとその姿はいったん消えた。班員たちはさらに緊張を高め、不定期にあがる銃声に逐一反応していた。

「射撃はやはり上流ばかりだ。牽制《けんせい》だろう」

戻ってくるなり歩兵軍曹はささやいた。

「見習士官、兵には口を利かせるな。勝手な射撃も禁じておけ」

「心配は無用だ。貴官の命令で動く」

「敵はこちらを一個分隊と思っている。読みが当たれば打撃を与えられる。砲弾が後方に落ちているのは渡河するつもりでいるからだ。爆煙による混戦を嫌っているのだ」

迫撃砲の弾着はひどく間延びしていた。視界の限られる森はどこも薄闇だった。一帯の地勢も東西南北もあやふやなまま北原はただ歩兵軍曹の背中を追った。

「匍匐《ほふく》で出るぞ」

地勢がどうあろうとスルサーラ道を中心とした戦闘になるのは知れきっていた。木々の合間に五の川を望める地点まで出ると展開が指示された。

「展開後は絶対に兵を動かすな。たとえ砲弾が降ってもだ」

五の川は、山岳地帯には珍しく岸が広かった。水は赤茶色をしており、流れの幅は十メートル近くあった。

北原も相応に緊張していたのだろう。間の抜けたことに、展開する兵を見送ってからモンテーウィンの存在を思い出した。

軍衣袴《ぐんいこ》が貸与されているとはいえ、兵補となる前は百姓にすぎなかった少年である。警戒要員としての配属であり武器は持っていなかった。

「俺から絶対に離れるな。対岸に敵が見えたら知らせろ」

おせじにも賢いとは言えず、いまだに日本語も挨拶程度しかできない。モンテーウィンは蚊の鳴くような声で「分かりました」と答えた。

ビルマ語でのやりとりに歩兵軍曹が不安げに振り返った。方位磁針を取り出す北原に目を留めると険しい表情になった。

「敵前で余計な物を出すな。何かの拍子にガラスが光りかねん」

対岸の森まではおよそ百メートルだった。対岸が左岸、手前が右岸である。スルサーラ道を基準にすれば五の川は北へ向かって流れていた。

展開完了の逓伝《ていでん》がやがて届き、その後は上流からの散発的な銃声と鳥の声ばかりが続いた。蚊が飛び回り、蛭《ひる》が這い回り、密林ではじっとしていることも楽ではない。こればかりは敵も同じだと努めて前向きにとらえるしかなかった。

よほどの事情に迫られない限り敵は強襲や突撃を行わないと言われる。歩兵軍曹の様子からしてもそれは事実のようだった。勝ち戦の中ではとりわけ無用な犠牲を出したくあるまい。そこに付け入ることで友軍は撤退時間を稼いできたのだった。

「北原マスター、向こう岸に敵兵が現れました。あっ、またひとり現れました」

モンテーウィンが一点を指し、歩兵軍曹が即座に双眼鏡を向けた。

「なるほど、確かにいるな。さすがにビルマ人は目がいいな」

敵兵視認の逓伝が流された。「不必要に動かすなよ」と手渡された双眼鏡を北原はそっと構えた。

木《こ》の間隠《まがく》れにいくつかの影が動いたかと思うとインド兵の何名かが密林の際《きわ》へと進み出た。樹陰は暗く、鉄帽の下の表情はまるで見て取れなかった。迫撃砲の弾着がさらに後方で何度かあり、上流の銃声が少しさかんになると、インド兵たちはおよび腰で岸へと踏み出した。

結構な兵力だった。二列の縦隊が作られ、その足跡が次々と泥に刻まれた。泥は赤く、かつ深い。インド兵は踝《くるぶし》までを沈めつつ一歩一歩に難儀していた。

「まだだ。尖兵が渡り終えたところを狙う」

念のためその旨も逓伝したあと北原は拳銃を抜いた。

縦隊を崩しつつ、ある程度の展開を見せながらインド兵たちは進んできた。拠《よ》り所のない川岸では生きた心地がすまい。体勢を崩すインド兵のひとりを見ながら北原はかすかに同情を覚えた。

川の深さは知れているものの流速はそれなりにあった。どうにか流れを渡りきった尖兵たちが射撃姿勢を取ろうとしたとき歩兵軍曹は「射《う》て」と号した。

四名のインド兵がたちまちひっくり返り、敵はその時点で統制を崩した。流れの中にあった者は銃を棄《す》て、左岸にあった者はまったくの乱射しかできず、ほとんどが我先にと密林へ駆け戻った。

射ち方やめがかかった時点でインド兵はまだ数名が左岸を逃げていた。倒《こけ》つ転《まろ》びつ、ことごとくが錯乱していた。

「軍曹、我が班はひとりあたり百二十発を携行している」

「今は黙って従え。被弾した者は逃がしたほうがいい」

川の中で被弾した二名が流されながら左岸へたどり着いた。射殺してしまうよりは確かにいいのかも知れなかった。仲間を見捨てたインド兵たちは罪悪感を拭えまい。右岸に取り残された四名はそれぞれの位置で死に、あるいは被弾の苦しみに藻掻《もが》いていた。

「兵には現在地で警戒を続けさせろ。射撃は別命まで禁ずる」

再び双眼鏡が構えられた。

直後、驚いたことに歩兵軍曹は対岸へ向けて大声を発した。英語だった。じきに届いた返答には満足げな顔を見せた。

「射撃はない。敵は左岸の死傷者収容に必要な人員を残して退く」

北原の目を見返しつつ「これでも乙幹《おつかん》なんだよ」と付け加えられた。中学を出ているという意味である。後衛尖兵の指揮を任された理由がたぶんそれだった。

「あんたも英語の心得はあるだろ。よく覚えておけ。戦は弾《たま》のやりとりだけではない」

右岸の四名のうち息があるのは二名だけだった。対岸からさらに英語が上がると二名は小銃を体から遠ざけた。捕虜となることが認められたのである。

「適当な兵を指名してインド兵を収容してこい。あんたの紅顔は初年兵じみていて新戦力の誇示に具合がいい。軍刀はひとまず預かる」

自分の姿をさらすわけにはいかないと歩兵軍曹は言い訳のごとく述べた。言うまでもなく敵の士気が回復しかねないからだった。

敵の視界に入るとなれば胆力が必要である。北原は佐々塚兵長を指名した。

「執銃《しつじゅう》のまま付いてこい」

蚊と蛭の中で息を殺していた反動か、不思議と恐ろしくは感じなかった。岸に足をつけると空が拓《ひら》け、鈍色《にびいろ》の雲を見上げながら北原は解放感すら覚えた。

ほぼ同時に対岸にもインド兵が現れて収容に動き始めた。死傷の別はともかく対岸には三名のインド兵が倒れていた。

泥は編上靴《へんじょうか》をほとんど呑み込んだ。一歩のいちいちが重く、負傷した二名のもとへたどり着くまでに何度か手をつかねばならなかった。

出血多量のため二名はともに両手を上げる力すら失っていた。北原と目を合わせたひとりは腹部に二発受けており顔を苦痛に歪ませていた。その口からは片言の英語が出てきた。

「殺してくれ。頼む」

唇はすでに白く、腕を取るとうめき、まったく見るに耐えなかった。先刻までは動いていたもうひとりは絶命したらしく、脈をとった佐々塚兵長が首を振って寄越した。

「そのインド兵だけでもなんとか運びましょう」

舌のもつれた声でインド兵は「殺してくれ」と繰り返した。声は川音にも遮られそうなほど小さかった。歩み寄った佐々塚兵長は一目であきらめの表情を作った。

勝勢の軍隊も第一線に立つ者は不幸である。迷いを振り切り、北原は対岸へ向けて英語を発した。

「このインド兵も時間の問題である。本人はとどめを求めている。承知せよ」

敵も双眼鏡を構えていようし、苦しむインド兵の形相はやはり見るに耐えなかったろう。いくらか間があったものの返答は「承知した」だった。

訳す必要はなかった。佐々塚兵長は早くも額に銃口を留めていた。インド兵の白い唇はそのとき「サンキュー」と動いた。

発砲と同時にインド兵の全身からすべての力が抜けた。

よもや捕虜処刑と位置づけられるとは想像もしていなかった。飛び散った血のまがまがしさに反して死相には安らぎがあり、そこにささやかな救いを覚えながら北原は無心の合掌のみを行った。

2

歩兵軍曹は大樹の根に腰掛けて乾パンをむさぼり食った。ツンフタン部落に漂っていたものと同じ臭いが体から発せられていた。班員たちが獣を見るような目を向けていれば礼など述べる気にはなれなかったろう。「輜重兵はずいぶんと給与がいいんだな」との言葉が吐き捨てられた。

「俺たちが苦労している間もたらふく食ってたのか」

「貴隊の収容のために受領したものだ」

「だとしても後方でぬくぬくしてたんだろ。まったくいいご身分だよ」

部下の目があるからには北原もひとこと言わねばならなかった。

「軍曹、貴官が苦労してきたことは分かるが態度はわきまえるべきだ」

「そんなことだから輜重兵はバカにされるんだよ。戦を知らない奴が階級を盾にできるのは後方の話だ」

雨の来そうな空を見上げ、歩兵軍曹は指揮壕へと北原をうながした。

「とりあえずあんただけ入れ。部下はインド兵の埋葬に充《あ》てろ」

指揮壕は五の川から百メートルほど後方に設けられた掩蓋壕《えんがいごう》だった。スルサーラ道に沿う、ひときわ暗い森である。川から距離が取られているのは砲撃を勘案してのことであり、突破された際の集結地とされているからだった。

「スルサーラ道のことをどこまで知っている」

掩蓋壕は存外に深く、梯子《はしご》で降りた壕底には割竹が敷かれていた。横穴もつけられた立派なものだった。歩兵軍曹は腰掛けの横木を顎でしゃくった。

「何も知らないに等しい」

「戦闘も知らない。地勢も知らない。英単語と文法が頭に入っているだけで選ばれたか」

タバコを所望され、北原は箱ごと押しつけた。そうして始まった申し送りは歩兵仕事を知らぬ見習士官にとって貴重な時間となった。

スルサーラ道やグクイム道を撤退しているのはインパール作戦においてコヒマで戦った兵団の一部である。この険しい山岳地帯を一か月近くかけてコヒマまで歩き、二か月ものあいだ同地で戦ったあげく雨期の撤退に追い込まれたのだった。籾米《もみごめ》やジャングル野菜を調達しながらのことである。彼らがいまだに統率を保っているのはほとんど奇跡だった。

「五の川は、我が隊が布陣した五本目の川だ。追撃がしつこくてな。苦戦が続いている」

歩兵軍曹は手製の地図をカンテラで照らした。南を走るグクイム道を軍曹の属する大隊が東進している。グクイム道は雨期にあっても駄馬駄牛の通行がかろうじて可能で撤退の本道とされているのだった。スルサーラ道はそれに並行する形で東西に走っていた。いわば側道である。

「並行とはいえこの環境だからな、おおよそと解釈すべきだ」

ただでさえ雨期のアラカン山系はまともに歩ける道がない。グクイム道の撤退が滞っている以上は側道を使った退路遮断にも対応せねばならず軍曹の中隊がスルサーラ道へ回されたのだという。

「追ってくる英印軍も時間とともに苦労を溜め込んでいる。これは気休めではない」

「過去四度の布陣を聞かせよ」

「ここと大同小異だ。戦闘ごとに敵の突破力は鈍っている。輸送に人手と時間を取られるからだ」

豊富な補給に支えられている英印軍にしてみればスルサーラ道の戦いは制約が多すぎるのであ

る。他でもない、先刻の戦闘で早々に射ち方やめのかかった理由がそこにあった。

「敵に負担を強いるのだ。一名が被弾すれば後送に最低でも二名の健兵をつけねばならない」

何気ない口調でありながらそれは極めて重要なことだった。スルサーラ道での傷病兵担送は疲労が並大抵ではない。装備運搬を兼ねた交代要員もつけるなら四名を取られることになり、第一線に復帰する頃には困憊《こんぱい》している。敵が野戦病院の分院を進めているとしてもその維持がまた大きな負担となる。衛生材料や糧秣《りょうまつ》を運ぶ兵力が必要となり、ようするに滞在する人員の増えるほどに負担が増していく。

対岸の敵は今日何名の負傷者を出したか。

想像するだに北原は希望を抱いた。駄馬の一頭として使えない環境に英兵もインド兵も厭戦《えんせん》気分を覚えているかも知れなかった。

「これからも敵を殺さぬ戦いを心がけろ。兵站にかかる負担だけではない。負傷兵の苦しむ姿は士気を下げもする」

殺せば逆に怒りをかき立てる。その点も合わせて北原はメモを録《と》った。

歩兵軍曹はそれから空襲や砲撃の頻度を語った。敵の戦い方は定石を外れない。戦闘はスルサーラ道上にほぼ限られ、大きな迂回《うかい》が取られたこともないようだった。

「明日以降をどう見る。今日の失敗を経ても大迂回はないと判断するか」

「まずあり得ない。千古不易《せんこふえき》の森は体力を急速に奪う迷路だ。伐開なしには部隊行動自体が不可能だ」

それでも一応は備えており、タコ糸を使った鳴子《なるこ》を密林に張っているという。五の川での布陣に際して、それは築城よりも先に行ったことであるらしかった。

タコ糸は鳴子を揺らすだけではない。気づいた敵は銃口が待ち構えているとみなして一帯の警戒と捜索に入らざるを得ない。仕掛け爆弾に繋がっている恐れも拭えないからには排除行動も取らねばならない。

「二の川で敵は一度仕掛け爆弾に引っかかっている。以来スルサーラ道を真っ直ぐに突破してきた。今日、小迂回にも失敗したとなればさすがに懲りただろう。今後はきっと正攻法に徹する」

続けて歩兵軍曹は手榴弾を使った仕掛け爆弾の作り方を説明した。手榴弾は安全栓を抜いたあと頭を打撃せねばならず、この解決には節《ふし》を抜いた竹を用いるのが良いという。竹筒を石の上に設置し、中を手榴弾が真っ逆様に落ちるよう仕掛けるのである。

「分隊に残っている手榴弾は三個だ。それは全部置いていくが、もし仕掛け爆弾が必要となったら鹵獲《ろかく》ぶんを使うのが良かろう」

今日右岸で死んだインド兵たちは手榴弾を一発ずつ雑嚢に入れていた。小銃とともにそれは回収され指揮壕にひとまず収められていた。歩兵軍曹は横穴の奥から鹵獲手榴弾をひとつ持ってきた。

「使い方は分かるか」

敵の手榴弾を見るのは初めてだった。安全栓を抜けばそのまま投擲《とうてき》可能な物である。一秒を争うような場面では使い勝手が良かろうし、仕掛け爆弾として使うにも具合が良かった。

「威力や爆発秒時は友軍のものと大差ない」

「密林にある仕掛け爆弾の数は」

「今は鳴子のみだ。一応案内しておく」

小雨が降り始めていたが歩兵軍曹は頓着《とんじゃく》しなかった。五の川方向へ少しばかり歩いて足を止めた。

「これだ」

名も分からぬ木の枝に竹の鳴子がふたつ吊されていた。川の警戒壕付近にもふたつ吊しているという。

歩兵軍曹はタコ糸をたどりつつ少し森へ分け入り、陣地の側背を守るように張られている旨を語った。

「タコ糸を張るだけであっても密林を分け進むのは命がけになる。あんたらは絶対に真似するな。人間は視界の利かない中では真っ直ぐに歩くことすらできん。どうかすると方位磁針があっても迷う。疲れと不安に判断力を失い、彷徨《さまよ》ううちに針が信用できなくなり、蚊と蛭に血を吸われたあげく虎にでも襲われて終わりだ」

タコ糸の起点にあたる地点では棕櫚《しゅろ》の葉と竹筒を使っての貯水もなされていた。それこそが案内の主目的のようだった。「もし敵が充分な補給力を持っていればタコ糸も竹筒もとうに吹き飛ばされているだろうがな」などと言葉が継がれた。

「敵の弾着誘導は稚拙《ちせつ》だ。砲弾の補給難に至っては考えるまでもない。まず間違いなく、にわかに迫撃砲を一門あてがわれただけの隊だ」

日本軍は満身創痍である。遅滞戦ではタコツボを並べた程度の築城しかできず機関銃の類も弾を射ち尽くしている。ならば迫撃砲一門で容易に崩せる。英印軍にしてみればそう考えて当然であり、事実ここまで四本の川を突破してきたのだった。

「あんたらの到着は実に間が良かった」

鳴子から近い道沿いにインド兵の亡骸《なきがら》が横たえられていた。その向こうでは班員が小円匙《しょうえんぴ》を振るっていた。

四名もの墓穴となれば重労働だったが、どの顔にも倦《う》みはなかった。敵を追い返したことで意気をいくらか上げているのだった。

作業を仕切る佐々塚兵長が手を止めた。

「土が軟らかいのでさほど時間はかからないでしょう」

交代完了までは指揮権を手放すつもりはないらしく歩兵軍曹が命令口調で返した。

「苦労ついでに墓標も立てておけ」

いずれ川を突破する敵に見せ、戦意を多少なりとも削ぐためである。岸からの死体搬送時にも歩兵軍曹は敵眼を意識し、丁重に扱えとの指示をわざわざ出した。第一線においては敵心理の考慮が想像以上に重要であることを北原はおのずと学ばされた。

「埋葬終了後に布陣を交代する。俺は少し横になる」

衛生サックから腕時計を取り出し、雨粒を落とす空を確かめ、歩兵軍曹はまた指揮壕へ潜り込んだ。寸暇《すんか》を惜しんでの仮眠も第一線では必要なことに違いなかった。

　五の川に沿う形で壕は合計五つ掘られていた。そのすべてが、樹間にどうにか川面《かわも》と岸をうかがえる地点だった。

　交代には神経が使われた。「無用な音を立てるな」「枝葉を揺らすな」との注意を寄越して歩兵軍曹は森へ分け入った。その先には最左翼に位置しているという第一警戒壕があった。

「敵が岸に現れても焦るな。流れへ近づかぬうちは発砲も控えろ。こちらの位置が分からぬからこそ迂闊《うかつ》に渡れないのだ」

　北原は班員のひとりを指名し、歩兵と交代させた。単身で残されるとなれば不安もあろうが一度実戦を経たことはやはり大きかった。歩兵を真似た入念な偽装を鉄帽と騎銃にほどこして班員は川へ視線を向けた。騎銃は自動貨車大隊で使われていた自衛用である。

　次の壕に向かいながら歩兵軍曹は言った。

「岸の泥は大きな強みだ。斥候《せっこう》の有無も教えてくれる」

　どこの森も息が詰まるほどの緑に占められていた。迷路との表現はまったく正しい。景色に拠り所がなく、生い茂る草は地面を隠し、これまた一歩一歩が難儀である。夜間ともなれば動きようがなかろう。歩兵軍曹の歩みに迷いがないのは、これまでの往復で茂みが多少分けられているからだった。

　第二警戒壕での交代を見届けつつ、歩兵軍曹から与えられた布陣図およびスルサーラ道図を頼りにおおよその位置関係を頭に叩き込んだ。いざという場合の部下掌握は考えておかねばならなかった。

この地における布陣で最も重要なのが第三警戒壕だった。それはスルサーラ道をわずかに外れた森に設けられていたが、他と比べて造りがいかにも凝っていた。

「見習士官、交代の兵のみを連れてこい」

最も重要な壕であれば信頼のおける部下をまずはつけるべきだった。北原は迷うことなく島野《しまの》上等兵を指名した。土屋隊の編成まで北原の当番を務めていた模範兵である。

膝を突きながら一本の菩提樹のそばへにじり寄り、歩兵軍曹は茂みに姿を消した。

驚くべきことに菩提樹を回り込む形で交通壕が切られていた。それをたどった先には掩蓋のかぶせられた二名用の壕が設けられていた。なお驚いたことに壕からはさらに交通壕がのびていた。その気になれば正規の一個分隊の散兵も可能だろう。むしろ塹壕《ざんごう》と呼ぶべきである。

「正面は徒渉場《としょうば》だ。敵が正攻法を取るならここから来る。兵は警戒上番のたびに少しずつ壕を拡張強化してきたのだ」

銃眼越しに見える対岸は、他所よりも明らかに近かった。赤土の岸にはスルサーラ道から続く無数の足跡も刻まれていた。この地の住民や後退して来た将兵がつけたものである。

押しつけられた双眼鏡を構えてみると、対岸には逃げまどったような痕跡もあった。敵は二度ほど正面から攻撃を仕掛け布陣を探ろうとしたという。第三警戒壕が塹壕じみた様相を呈しているのはそうした経緯のためでもあった。

「交通壕を利用して出入りする限りはまず敵眼に触れることはない。だが用心はおこたるな。敵はこの一帯にはときどき探りの砲弾を射ち込む」

空間を奪い合うように繁る木々に第三警戒壕は守られていた。迫撃砲の弾痕も付近には穿《うが》たれていたが集中の痕跡はなかった。

島野上等兵は銃眼に置かれた照準石の説明を受けていた。射撃の必要に迫られたときは左右いずれかの交通壕を使って位置の欺瞞《ぎまん》に努めるよう言われると両端までの確認をさっそく済ませた。すべての壕で交代はつつがなく進んだ。七名に過ぎない歩兵たちは、日中のほとんどが壕に張り付けであったらしい。

「夜間は第三警戒壕をのぞいて引き揚げさせていた。夜の密林は黒一色だ。他の壕はカンテラなしでは交代すら不可能だ」

混戦を嫌う英印軍は夜間をおとなしく過ごす。一度は使われた照明弾も脅し目的でしかなく、これまで攻撃発起は例外なく午前中であったという。膠着《こうちゃく》に陥ったあげくの日没を恐れているのだった。

「兵が倒れては元も子もない。過ぎた警戒を慎み、疲労軽減と体力回復を常に念頭に置いておけ。ささいな心労も連日となれば馬鹿にならん」

疲労軽減と体力回復に努力がなされても歩兵たちは疲れ切っていた。その体を支えているのは軍隊の主兵たる矜持《きょうじ》だろう。虚ろな目でいながら、メモを録り続ける北原をどこかあざけっていた。

歩兵軍曹は指揮壕の位置まで戻り、部下から集めた手榴弾と自身の双眼鏡および一巻きのタコ糸を掩蓋の上に並べた。

「全部やるよ」

「双眼鏡までいいのか」

「コヒマでの鹵獲品だ。今日の鹵獲兵器も置いていく。その代わりと言っちゃなんだが、こいつらにも少し乾パンを分けてくれんか」

手の届く距離に食い物があれば我慢が利かない。それくらいのことは察しろといった口調だった。

雑嚢に手を突っ込む班員を制して北原は手持ちの乾パンをすべて出した。

立ったまままむさぼる歩兵たちは鬼気迫っていた。彼らは残らず蝿をまとい、一名はうなじの熱帯潰瘍《かいよう》に蛆《うじ》を這わせていた。

「おかげでツンフタン部落まで歩けるよ。じゃあな」

やはり礼の一言もないまま歩兵たちは一列縦隊で進み始めた。真っ直ぐに歩けない者が大半だった。

幽鬼のごときその背中を見つめながら北原は自分にひとつ言い聞かせた。傷病兵と変わらぬ彼らにやれたことを健兵ばかりの自分たちにやれぬはずがない。

「気位《きぐらい》ばかりが高い歩兵は見ていられませんね。行き倒れでも出たら面倒ですからもう少し分けてきますよ」

雑嚢から乾パンを取り出したかと思うと佐々塚兵長は歩兵を追いかけた。戦闘の本職が消える不安を和らげるために憐《あわ》れんでみせたのだと思われた。

第一線人員が増えたからには待機壕を設けねばならなかった。その位置は指揮壕の近くが望ましい。スルサーラ道をはさんだ水はけのいい樹陰を選び、佐々塚兵長に作業指揮を執らせることにした。

「できれば明日にも使用に漕ぎ着けたい。拙速《せっそく》で進めよ」

歩兵が残していった物資のすべてを指揮壕へ入れ、鹵獲小銃の一挺《ちょう》を自分で使うことにし、それから北原は横木に腰をおろして班の回し方を詰めた。

土屋隊はトラック損失により生じた余剰人員で編成された兵力である。しかし北原の班に回されたのは不可のない者ばかりだった。二組に分け、日中の交代では丸ごと入れ替えるのが良かろう。打撃を受けた敵が立て直しに時間をかけるとしてもツンフタン部落の傷病兵後送がいつまでかかるか定かでなく、その点からしても体力は極力温存させねばならない。歩兵に倣って夜間は第三警戒壕にのみ配兵し、指揮壕と待機壕のあいだに歩哨《ほしょう》を一名立てるのが最善だった。

兵補の活用を思い立つと同時にモンテーウィンを呼びつけた。

命じる必要もなく兵隊に行動を合わせてくれる兵補である。佐々塚兵長のそばで円匙を振るっていたモンテーウィンは即座に手を止めて駆けてきた。北原にはより敬意を払ってくれており、指揮壕へ入ることには戸惑いすら見せた。

「いいから入れ。今日お前はいち早く敵影に気づいたな。歩兵にさすがと言わしめたのだから大したものだ」

ぎこちない動きで梯子を降り、モンテーウィンはおずおずと横木に腰掛けた。

「もし同じ条件の夜間だったらどうだ。敵が岸に出てきたときお前は見て取れるか」

「見て取れます」

断言が返ってくるとは思ってもいなかった。モンテーウィンはどちらかと言えば引っ込み思案な性分である。

「深夜の話だぞ。雨が降っている場合もあるぞ」

「多少の雨なら見て取れます。今日もあの場所に着いたときには動く影が見えたのでずっと注意を向けていました」

「着いた時点で見えていたのか？」

幹や枝葉のごく小さな隙間に光量の変化があった。具体的に言うならそれは黒い点のまたきだった。そんなことを語るモンテーウィンに北原は驚きつつ呆れた。

「どうしてもっと早く言わなかった」

「人間か動物か分かりませんでした。岸に近づいたところで鉄帽や小銃が見えたので知らせました」

対岸に敵が見えたら知らせろ。そう命じた自分を思い返して北原はそっと反省した。この少年の視力はいったいいくつだろう。

モンテーウィンは特に聴覚の鋭さを買われて兵補になったと聞いている。事実、トラックに乗せておけば誰よりも早く敵機飛来に気づくのだった。視覚の鋭さも並のビルマ人を超えているならここで使わぬ手はなおさらなかった。

「ついて来い」

スルサーラ道を進み、森に分け入り、午前中の展開地点へ向かった。

また現れた北原に警戒中の班員はいぶかしげな顔を寄越した。

「異状ありません」

「ご苦労。別件だ」

大木に寄りながら適当な茂みに身を沈めた。モンテーウィンは滑らかな身のこなしで背後に位置した。

「戦闘前、お前はあそこにいたな？」

「はい、あの木のそばです」

ほんの二メートルほど右手の闊葉樹《かつようじゅ》だった。草を揺らさぬようにじり寄り、北原は敵方へ視線を走らせた。幹や蔦の隙間にうかがえる対岸は密林のゆるやかな斜面である。

「ここに身を沈めたときには敵影に気づいたのだな？」

「はい」

「敵影はどこにあった」

即座に一点が指された。ほぼ峰に近い上方である。

歩兵軍曹から申し送られた地図と照らし合わせ、スルサーラ道が九十九折《つづらおり》になっているあたりだろうと見当をつけた。川を渡った向こうで道はしばらく北進し、それから蛇行しているのである。

今日の渡河に際して敵が隠密に徹したことは想像するまでもない。前日にでも放たれていた斥候の案内によってスルサーラ道を外れたのだろうし、インド兵たちは枝葉を揺らさぬよう努めつつ下っただろう。

「お前は一度視力検査を受けるべきだな。三、いや四はあるかも知れない」

日本兵の視力は良くても二であると告げると、とにかく優れていることは理解したらしくモンテーウィンは久しぶりに笑顔を見せた。

対岸にひしめく緑の隙間に影のまたたきを見て取れるなど人間業《わざ》とは思えなかった。夜間はモンテーウィンを第三警戒壕に入れ、その指導に班員一名を交代でつけることを北原は決めた。

＊

モンテーウィンに関して詳しく語るつもりはなかった。スルサーラ道では物資運搬と土木作業と壕水の掻き出しにのみ使ったと答えておけば障りもないはずだった。

「あなたはモンテーウィン少年とはどの程度親しかったのですか」

「大隊勤務ではときどき見かけましたが、土屋隊が編成されるまでは口を利いたこともほとんどありませんでした」

英人大尉はまた紙ばさみに目を落とした。

「最初に口を利いたのはいつか覚えていますか」

「チンドウィン河東方での兵力前送と傷病兵後送のときです」

「具体的には」

「十九年の四月十二日です」

「よく覚えていますね」

「初めて輸送指揮を執った日ですから」

着隊から一か月になろうかという頃だった。そろそろ経験させておくべきだと中隊長は考えたらしく北原は一日だけの輸送指揮を命じられた。

四両のトラックに分乗した工兵と渡河資材をチンドウィン河畔《かはん》へ運び、復路は負傷兵とマラリア患者を運ぶだけの任務だった。車列を掌握したのは古参の下士官で、北原は名目上の指揮官でしかなかった。それでも初めて付与された指揮権ゆえに気負いがあり、見聞のすべてを忘れまいと手帳は握りっぱなしだった。

モンテーウィンはトラックの一両に対空警戒要員として乗せられていた。軍衣袴もすでに馴染んでおり遠目には若い日本兵にしか見えなかった。

最初の小休止で一服つけたおりに下士官からその身上をざっと聞いた。四か月ほど前まで駐屯していたエニン村の出身であることや聴覚の鋭さについてである。「あいつが我々の命を握っているとも言えます。ひとつねぎらっておくといいでしょう」と下士官は助言を寄越した。

歩み寄り、タバコを出しながら北原は対空警戒任務をねぎらった。ビルマ語はまだおぼつかず下士官が通訳してくれた。

声をかけられたことに驚きつつも、トラックに乗っているだけなので苦労はないとモンテーウィンは屈託のない笑顔を見せた。日本軍に頼られることをいかにも喜んでいた。

「なぜモンテーウィン少年はトラックに乗せられたのですか」

「使役要員です。出会う住民から親近感を引き出せるという利点もありました」

「四月中旬といえばインパール作戦もたけなわの頃です。空襲は頻繁だったはずですしトラックは真っ先に狙われたでしょう。使役要員としてビルマ人を引っ張り回すことに胸は痛みませんでしたか」

敵機の飛来は確かに頻繁だった。大隊の被害もすでに深刻だった。しかしそれはそれである。インパール作戦は順調に推移していると言われていたし、北原自身まだ高揚感があったように記憶している。コヒマの占領が成ったからにはインパールは孤立したも同然だというのがおおかたの認識だった。

「だとしてもビルマの少年を危険な任務に同行させるとなれば別でしょう。罪悪感のひとつも抱いてしかるべきところのはずです」

「それは戦争の結果が出たから言えることでしょう。現地住民を使いながら戦ったのは貴軍も同じなのですから」

捕虜処刑容疑も民間人虐待容疑も言いがかりである。自己弁護に走ったところで意味などあろうはずがなかった。

少しは不快感を見せるかと思いきや「もっともです」と英人大尉はうなずいた。その度量に北原はむしろたじろいだ。

「では北原少尉、ひとつ聞かせてください。インパール作戦の失敗を認識したのはいつですか」

むずかしい質問である。少しずつ雲行きが怪しくなり、気がつけば負け戦とみなしていたような気がする。

「では雲行きの怪しさを感じ始めたのはいつですか」

「たぶん五月の初め頃です」

天長節までに占領すると言われていたところがかなわず、五月に入ると雨期の到来を懸念する声が聞かれるようになり、文字通り雲行きが怪しくなった。不幸なことに昭和十九年のビルマは雨期入りが早かった。中隊の先任曹長が「天に見放されたか」とつぶやいたことを覚えている。

翌月には土屋隊の編成となった。ビルマ方面軍の直轄となれば非公式情報もそれなりに得られ、自動貨車大隊はおそらく水面下で負け戦に備え始めていた。アラカン山系の奥深くに突っ込んだ兵団が撤退に追い込まれれば徒歩支援兵力の捻出が命じられるのは自然なことだった。

「すると土屋隊の編成時には負け戦と断じていたのでしょうね」

アラカン山系へ向かうにあたって下士官以下は軍隊手帳を預け、代わりに騎銃を受領した。にわか歩兵というよりも決死隊の編成だった。北原も当番兵を返上し、編上靴と巻脚絆《まききゃはん》で足を固めることになった。さすがに軍刀を置いていくわけにはいかなかったが、背負子を担いでしまえば外見はほとんど兵卒と同じだった。あらゆる形で将兵の外見を変えるのが負け戦である。

「チンドウィン河の渡河からツンフタン部落到着までにかかった日数は？」

「十日です」

英人大尉はおもむろにタバコをくわえた。

「重い背負子を担ぎ、節食しつつ雨のアラカン山系を歩く。さぞ苦しかったでしょうね。モンテーウィン少年にしてもロンジー姿では大変だったでしょう」

モンテーウィンが日本兵の身なりでいたことをたぶん知っているのだった。「彼には軍衣袴が貸与されていました」と北原はすかさず応じた。雨期のアラカン山系では編上靴と巻脚絆が不可欠であったことと、貸与に当たっては上から下までの一式が揃えられたことを付け加えると、英人大尉は「そうですか」とうなずいた。

「でしたら案外モンテーウィン少年も気は張っていたかも知れませんね。ナポレオンの受け売りですが、なんだかんだで人は服装どおりの人間になるものです」

果たしてモンテーウィンはどうなったのか。生きて戦後を迎えられたのか。英人大尉の顔のどこにも答えは書かれていなかった。

3

モンテーウィンを夜間警戒へ付けるに当たっては佐々塚兵長の力を少し借りた。

「あいつを一晩中ですか?」

待機壕の掘削音《くっさく》がかすかに届いていた。佐々塚兵長は一度掩蓋を仰ぎ、横木に座り直しつつひとつうなった。

「視力がいかに良かろうと、さすがに一晩中はどうかと思います」

「負担軽減を兼ねて第三警戒壕には常時二名を入れる。とにかく誤認があってはならん。猿やムササビも棲息している山系だ。警戒任務の重要性をお前からもよく説明しておけ。歩兵の消えた第一線で我々がどこまでやれるか現在のところは未知数とせざるを得ない」

モンテーウィンはこれまでも様々な使役をこなしてきた。使役を共にする兵卒にはより近しいものを覚えているはずであり、なかんずく兵長という階級の持ち主には兄に対するような感情を覚えていても不思議はなかった。

「佐々塚、お前はモンテーウィンから慕われている。チンドウィン河を渡るときのことを覚えているか。質問を受けただろう」

民舟を駆使する工兵が渡河点に集まる将兵を捌《さば》いていた。いよいよ渡河となって一艘《そう》に乗り込むおりモンテーウィンは「船が転覆したときは自己判断で岸まで泳いでいいですか」と佐々塚兵長に問うた。思えばそれはモンテーウィンが初めて明確にのぞかせた不安だった。戦況の悪さを見て取り、トラックに乗っていた頃の笑顔も失せ、誰かに話しかけることすら久しくなかった。彼にとっての佐々塚兵長は間違いなく頼りとなる人間である。

「この状況であの引っ込み思案から質問を受けるなど、よほど信を置かれていないとあり得ない」

「買いかぶりすぎです。たまたま自分がそばにいただけですし、渡河時の空襲を想像すれば訊かずにいられなかったのでしょう」

「だとしても俺などよりは確実に信を置かれている」

「モンテーウィンにもわきまえはあります。階級の高い相手には声かけを慎んでいるのです」

「ならばなおさらお前には近しいものを感じているはずだ。モンテーウィンから見たお前は声をかけられる軍人の最上級者だ。少なくともこの班では」

佐々塚兵長は返答に詰まり、これだからインテリは苦手だといった目を寄越した。

「お前の説明であればモンテーウィンも納得の度合いが大いに異なる」

「もちろんモンテーウィンは拒絶しないでしょう。命じれば休息も取らずに対岸を見つめ続けるでしょう。ただそこに甘えすぎるのはうまくありません」

佐々塚兵長は言った。視力が良かろうと夜目《よめ》が利こうと敵前は恐ろしい。意気消沈気味であればこそ一晩中の警戒を命じては不信を買いかねない。どうしても命じるなら今夜だけでも班員でこなしてみせるべきである。

堅実な進言だった。行軍、戦闘、墓掘り、壕掘りと、今日はことさら体力消耗が激しい。進言を容《い》れた上で北原は警戒割りに頭を巡らせた。

「明日の日中に仮眠を取らせればモンテーウィンも特別扱いを強く認識してくれると思います」

「いいだろう。それも含めてお前から説明しておけ」

「教官殿、では進言ついでにもうひとつよろしいですか」

教官殿との呼称は、見習士官を侮るつもりのない者が使う敬称である。大隊を離れてしまうと座りの悪いところもあったが、現状に合わせて班長殿と呼ぶのも適当ではなかった。ようするに北原たちは編制上あいまいな存在と言え、佐々塚兵長の進言はその点のいくばくかを改善するものだった。

「編制も歩兵に倣うべきだと自分は思います。教官殿の直下に連絡掛《がかり》下士官のような者を定めておくのが良いでしょう」

モンテーウィンを除けば班は十四名である。「ではお前がつけ」と返しながら北原は収まりの良さに得心した。

「班はこのまま六名ずつの二組に分ける。連絡掛下士官としてお前が全体をまとめてくれるなら助かるし、モンテーウィンを動かすのも楽になる」

北原の戦死も想定しておかねばならない。佐々塚兵長はきっとそれこそを言いたかったのである。

「教官殿に付きっきりでいるわけにはいきませんが」

「下士官勤務者として班に目を配ってくれればいい。各壕の巡察も任せる」

掌握力は佐々塚兵長のほうが優れているだろう。戦地における実務期間で言うなら北原はモンテーウィンにすらおよばない。ビルマに入って四か月でしかなく、自動貨車大隊への着任から三か月強である。ビルマ語にしても努力の末にどうにか使えるようになったという程度で、慎重を要する場面では班員の通訳に頼らねばならなかった。

部下を適切に動かすための第一条件は円滑な意思疎通である。内容のいかんにかかわらず佐々塚兵長と向かい合っての時間はそれ自体が有益だったと言える。

ただし喜んでばかりはいられなかった。位置づけのはっきりしたことで佐々塚兵長は無遠慮になった。

「教官殿、ではもうひとつ進言させてください」

その内容は苦言に近かった。居ずまいが正されたかと思うと険しい表情が作られた。

「たとえ相手が歴戦の歩兵であっても下級者にあのような態度を許してはなりません。傷病兵のごとき姿に同情を禁じ得ないとしてもです。見習士官だろうと曹長の階級章をつけている限りは厳格であるべきです」

むろん正しい弁だった。苦労に対する敬意も言い訳にならない。北原は歩兵軍曹の無礼を黙認し、ために他の歩兵にも存在を軽んじられた。

「教官殿の言動は班の士気と団結に直結しますから自分としては看過できません」

ではどうすべきだったか。到着早々に戦闘となり言い争いの暇もなかった。暇ができてから述べた苦言はあっさりいなされた。

「相手が聞く耳を持たないなら食い下がらねばなりません。それで争いになり、摑み合いになったところで構う必要はありません。軍紀くそくらえの行動に出るような相手なら射殺してしまえばいいのです」

冗談の響きがまるでないことに啞然《あぜん》とさせられた。軍法だの処罰だのといった単語を頭に過《よ》ぎらせた北原を見て取ってか「死んでしまえば不問ですよ」と佐々塚兵長は言いのけるのだった。

「教官殿、歩兵は言ってましたね。爆煙による混戦を敵は嫌っていると。優勢ゆえに嫌うのです」

メモした事柄である。「それは教官殿にも当てはまるんですよ」との指摘がなされたとき北原はかすかな畏怖を覚えた。

「遠からず少尉任官される身分ゆえに教官殿は捨て身になれない。ゴロツキの類はその弱点を突いてきます。第一線にある間は将来を忘れるのがいいでしょう。大抵のことは捨て身で当たれば成るものです」

頼れる部下としか認識していなかったことを反省せねばならなかった。佐々塚兵長はおそらく、どこまでも我《が》の強い人間だった。

総じて、五の川に着いてからの二十四時間は学習と馴致《じゅんち》と反省に費やされたと言える。

予定通り夜間は第三警戒壕に二名を入れたが、そこにも反省すべき点はあった。疲労を考慮しての一時間交代が仇《あだ》となったのである。「カンテラを使えぬ環境では十メートルの移動にもひどく疲れる」「常時二名を入れるなら交代は二時間ごとで良い」「道から縄を張っておくべきである」「合い言葉の必要がある」などと班員たちは語った。

「警戒そのものはどうだ。難はあるか」

「深夜の敵方はまったくの闇で、雲が切れたときのみ川面が見て取れる程度です」

北原は銃眼へにじり寄り、払暁《ふつぎょう》の川を確認した。朝霧越しに対岸がどうにかうかがえるだけだった。敵が渡河に出る可能性の最も高いのが霧晴れ直後だろう。

日中の警戒態勢への移行をその場で見届けて第三警戒壕を出た。第一線で迎えた初めての朝であるからには他の壕も回っておきたかった。

夜露の密林をかき分けるうちに全身が濡れた。幸いどの壕にも異状はなく、対岸には敵影のひとつとしてなかった。細々《こまごま》とした修正を要したものの大過なく丸一日近くを過ごし得たのは確かである。

ひとまずの所見を綴っておく必要があった。後退した歩兵からおおよそを聞くとしても土屋中尉がそれで良しとするわけがなく、対歩兵戦闘の経験がないからには気も揉んでいるはずだった。

指揮壕で所見の下書きを終えたあと伝令指名で少し悩んだ。今夜から警戒につけるとなればモンテーウィンは使いにくく、待機壕の掘削音を聞いていると兵を立てるのも気が引けた。

結局は、間合いよく現れたツンフタン部落からの伝令に助けられることになった。佐々塚兵長に呼ばれて指揮壕を出ると土屋中尉の当番兵が敬礼を寄越した。

「追送糧秣です」

当番兵は背負子をおろした。くくりつけられているのは、鮭缶、牛缶、焼き米、乾パンである。ツンフタン部落で必要量を取った上での残りだった。

「ずいぶんと余ったな」

「歩兵は消化力が落ちているので腹五分に抑えています。西のマルフ部落で調達された籾米が結構あったのも幸いでした」

北原は地図を出した。五の川の西方、六時間はかかるだろう距離にマルフという部落が記されている。当番兵いわく傷病兵後送にも手を貸してくれた部落であるらしかった。

土屋中尉からの伝達事項としては二点あった。ひとつは歩兵軍曹以下七名が無事に達着したこと、もうひとつは初陣《ういじん》に対するねぎらいである。

「隊長殿は大変お喜びです。もう少しで捕虜を得られるところだったと聞いて残念がっていました」

追送糧秣は指揮壕へ入れ、代わりに北原は鹵獲兵器と所見の下書きを渡した。

「あくまで戦闘の指揮を執ったのは歩兵であることと、鹵獲の手榴弾および小銃一挺は班で使うことを伝えよ」

「分かりました」

「傷病兵後送の目途《めど》はどうだ」

「第一便の戻らぬうちはなんとも言えないようです」

目途が立ったら連絡に来る旨を述べて当番兵は敬礼した。

その後ろ姿を見送りながら佐々塚兵長が言った。

「ツンフタン部落にも問題がないようでなによりです。傷病兵後送が終わるまで敵がおとなしくしてくれれば言うことはありませんね」

残念ながら打撃を受けたところでおとなしくしてくれるような敵ではなかった。ほどなく五の川から駆けてきた班員が驚くべきことを報告した。

「教官殿、第三警戒壕まで至急お願いします。対岸に男がひとり現れました。敵からの手紙を持っているようです」


佐々塚兵長を連れて第三警戒壕に飛び込むと上番中の上等兵が「あそこです」と銃眼の前を空けた。

対岸に男の姿がひとつあった。双眼鏡越しには現地住民にしか見えなかった。山岳民族がよく使う雑嚢を肩にかけ、手には折り畳まれた紙が握られていた。

「あれを示しながら渡したいと繰り返しました。訛《なま》りの強いビルマ語です」

「付き添いもなしか」

「そこを動くなと告げると停止し、ずっとあのとおりです。日本軍に従うよう厳命されているのでしょう」

「渡って来いと言え」

敵にしてみれば軍使のつもりだろう。問題はその目的である。上等兵は念を入れて交通壕の南端へ移動してから「両手を挙げて渡って来い」と怒鳴った。

丁寧な所作で紙をしまうと男は徒渉に入った。その歩みは慎重だった。

「警戒をおこたるな。佐々塚、来い」

こうした事態はさすがに想定していなかった。スルサーラ道へ戻りながら北原は図嚢《ずのう》から木綿手拭いを取り出した。

敵兵がどこかに潜んでいるとしてもよもや発砲はなかろう。かといって北原を行かせるつもりはないらしく佐々塚兵長は手拭いを奪い取った。

「教官殿はここでお待ちください」

壕からは距離を取らねばならず、鳴子の所在なども知られぬよう努めるなら、川へと落ち込む斜面の中間付近に連行するのが無難だった。

目隠しを施した男の二の腕を摑んで佐々塚兵長はじきに戻ってきた。

現地住民であればこの道を何度も往復しているだろうし、方向感覚にも優れているだろう。それでも視界が限られれば正確な位置は分からぬはずである。適当な森のとりわけ深い茂みをかき分けて北原は男を座らせた。

「目隠しを取ってやれ」

新戦力の到着を敵が承知していないわけがなく、姿を晒《さら》したところで不利益はなかった。無用な疑いを招かぬよう注意されているのか男は周囲を見渡しもせずに笑顔を作った。

「こんにちはマスター」

「どこの住民だ。マルフ部落か」

英印軍も地勢に明るい者を使う。隣部落まで何時間もかかるようなスルサーラ道ではすべての部落が協力を求められ、あるいは強いられるだろう。

率直に問うたのが良かったらしく男は笑顔を引っ込めた。答えとしては充分だった。

「怖かったろう」

「インド兵と疑われたらどうしようかと不安でした」

「手紙を持ってきたのだな」

「そうです」

年は三十前後だった。選ばれるだけのことはあり、緊張をのぞかせつつも動作は落ち着いていた。訛りの強いビルマ語も支障が出るほどではない。「言付《ことづ》かったのはこれだけです」と手紙が取り出された。

それはノートから破り取られたものだった。綴られているのは英文である。一読して北原は困惑し、再読してさらに困惑した。

「指揮官はイギリスの将校だな」

「申し訳ありませんマスター、わたしには分かりません」

男がマルフ部落の住民であることはまず確実である。前任の歩兵たちとは顔を合わせていようし、だからこそ敵は軍使として使えると判断したに違いなかった。ここで質問攻めにすれば歩兵の後退を教えるも同然だった。

「帰してやれ」

「もういいのですか」

遠く轟《とどろ》き始めた敵機の爆音は耳をほとんど素通りした。再び目隠しをされた男がスルサーラ道へ消えたとき、北原は思わず大きく息を吐いていた。

どこへ向かっているのか爆音はやがて遠ざかった。

その場で手紙を読み返しながらふつふつと怒りが込み上げた。簡単な文面である。箇条書きにされているところからも誤読されまいと努めているのは明らかだった。

捕虜の処刑はもってのほかである
民間人の虐待も許されない
いずれ貴隊の責任者は裁きを受ける
戦争は大英帝国の勝利で終わる

捕虜の処刑という一文にしばらく頭を占められた。

後退した歩兵たちに蛮行があったのだろうかと一度は考えたものの、指揮壕へ戻るまでの思案で否《いな》に傾いた。そのきっかけはインド兵の墓だった。道沿いの草地に立つ四本の墓標を確かめ、戦闘の間から敵の心を意識していた歩兵軍曹を思い返すと、いかにもそぐわない気がした。そもそもが追撃を受けてきた歩兵たちである。五の川以外で捕虜を取るような場面があったとは思えず、仮にあったなら過去四度の布陣を質した際に語っているはずだった。

北原班の行為を指している。瀕死のインド兵にとどめを与えたことが処刑とみなされている。少なくともそう考えておかねばならなかった。

ありのままを班に周知するわけにはいくまい。その点でも佐々塚兵長の位置づけをはっきりさせておいたのは幸いだった。

指揮壕で内容を聞かせると佐々塚兵長は呆れ顔を見せた。

「いったいどういうつもりですかね」

「素直にとらえるなら敵は何かを勘違いしていることになる」

「では虐待を受けた民間人とは誰でしょうか。まさかさっきの男ではないでしょう」

「なんとも言えん。イギリス人ならそうした工作もしかねんし、今後の布石のつもりかも知れん。また住民が現れたら俺たちは対応に窮することになる」

言いながら北原は別のことを考えた。民間人とはつまり非軍人である。日本側に存在する非軍人を指しているならモンテーウィンのことになる。

佐々塚兵長も同じように考えたらしく、ひどくむずかしい表情になった。

「モンテーウィンのことだとしたら、とてつもない視力を持つ者が敵方にもいることになります」

「あるいはそう思わせたいかだな。現地住民を使っているのは敵も同じだ」

ナガ族の視力も日本人とは比較になるまい。とはいえ対岸の木陰にのぞく人間の顔を見分けられるとはとても思えない。モンテーウィンにしても敵が展開を始めようかという距離になるまで姿形は分からなかったのである。

改めて手紙に目を通して北原は思った。

敵の指揮官は恐ろしくしたたかである。

いかにも書き慣れているアルファベットの羅列は十中八九イギリス人の手にかかるものである。もし班にモンテーウィンがいなかったら、過去に接した現地住民を北原たちは連想する。たとえばツンフタン部落で見かけた住民を連想する。すなわちこの手紙は性質で言えば伝単に近い。日本側の疑心暗鬼を煽《あお》り、士気阻喪《そそう》を誘うのが狙いである。

読めば読むほど計算された文面だった。文言が単純なぶん解釈の幅が広がる。受け取った側が様々な想像を巡らせ、一定の不安を抱くよう書かれている。頭を寄せ合うことになった北原たちがそれを裏付けている。

「たちの悪い敵だ。また住民が現れたら追い返せと班員には伝えておけ」

「教官殿、お手数ですが文面をもう一度聞かせてください」

佐々塚兵長は手帳を取り出し、北原が読み上げるあいだ鉛筆を動かした。いかなる思考を巡らせてか、書き取った文言を黙読するうちにその顔は確信の色を深めていった。

「手紙を書いたのがイギリス人ならば、それは指揮官と考えるべきでしょうね」

難道へ回された隊であればイギリス人はせいぜい数名ではなかろうか。仮に指揮官ではないとしてもそれに近い人物なのは確かである。

佐々塚兵長は見識が高かった。敵になったつもりで文面を確認したのである。「逆襲を恐れているのかも知れません」と言った。

「逆襲？」

「夜襲や奇襲の牽制というべきでしょうか」

自班の兵力を土台にした北原の固定観念はあっさり破られた。

「敵にしてみればこちらの兵力が不明なのですから不気味なはずです。一方的に損害を出した昨日を思えば新戦力による逆襲等が危惧されてしかるべきです」

戦死者を出し、負傷兵後送で一気に細った自隊に、敵指揮官は不安を覚えている。文面をさらに読み返して北原は佐々塚兵長の正しさを認めた。最終的勝利を持ち出さずにいられぬほど危うさを覚えているのである。

「濡れ衣を着せられたくなければおとなしくしていろ。そういう含みもあるのでしょう」

敵の心を読み、ときには操り、戦は進む。男を寄越したのは五の川以西の住民をすでに掌握していると示すためでもあるだろう。英印軍が現れるまでマルフ部落は日本軍に協力していたのであって、英印軍に使われる男の姿を見れば日本兵は士気を削がれるとも踏んだだろう。

神経を使わざるを得ない点で住民と手紙の組み合わせは実に厄介である。心を乱されかねない以上、手紙の内容はやはり班には明かせない。日の沈まぬ国を造り上げたイギリス人は一筋縄ではいかないと感じ入るには充分だった。

「他の者には罵詈雑言《ばりぞうごん》が並んでいたとだけ答えておけ」

「隊長殿にはすぐにも伝えるべきです。捕虜の処刑はともかく、食うや食わずの歩兵であれば籾米調達にあたって悶着《もんちゃく》を起こしている可能性はあります。ツンフタン部落に残る歩兵から情報をなるべく集めておくべきです」

判断のむずかしいところだった。歩兵に対する疑念をさらすのはうまくないし、それこそ敵の思うつぼとも言える。緊急を要することでないとなれば傷病兵後送と部落保安の指揮を執る土屋中尉にはわずらわしかろう。

「わずらわしく思うことはないはずです。対歩兵戦闘の経験がないからには我々の逐一を気にかけているでしょう。言いがかりや脅しにすぎないとしても敵指揮官の性質がうかがえるという点で有意ですから手紙だけでも届けるべきです」

返事を待たずに佐々塚兵長は畳みかけてきた。

「モンテーウィンを走らせましょう。仮眠を中断させるのは忍びないところですが、特別扱いを受けていることはもう認識しています。隊長殿への伝令を命じられれば立場の重要性をより深く感じるでしょう。今からなら午後にかかる頃には戻って来られますから再度眠らせれば平気です」

志願の兵補である。戦がこうまで悪化するとは思っていなかったろうし、その点にはどうしても憐れみを覚える。佐々塚兵長はたぶん、意気消沈の深まる現状では自尊心をくすぐる必要があるとみなしているのだった。

「事故などあり得ませんよ。あいつなら駆け足ですぐに戻って来ます」

北原は最終的に承知した。佐々塚兵長の意見ならば誤りだけはなかろうと妥協したのである。

非武装かつ単身のビルマ人であれば確かに時間はかからなかった。

指揮壕で鹵獲小銃の操作方法を確認しているところにモンテーウィンは戻ってきた。息を上げていたものの休むつもりはないらしく、土屋中尉から預かったという封書を出すと「壕掘りに加わります」と一礼した。

「待てモンテーウィン。少し話がある」

兵隊に負い目を感じてか、横木に腰をおろすとモンテーウィンは小円匙の音へ耳を傾けた。表情はどこか硬かった。「お前が作業を気にかける必要はない」と告げて北原はタバコを一本押しつけた。

封書からは藁半紙が出てきた。後送の第一便が往復し終えたことと今後の見通しが主に記されていた。

火器等の輸送と交代の必要から一名の担送には平均四名強を要する。ツンフタン部落からの撤収はおおむね三日後の目算である。北原に対してはそれまで五の川で踏ん張るよう求められ、一方で敵の突破を許したなら迷わず退けとも付け加えられていた。適地で遅滞戦を続けながらツンフタン部落を目指せとのことである。

敵の手紙に対しては「考慮の要なし」との断言がなされていた。おそらくは心を乱されるなとの戒めだった。

「口頭では何かおっしゃっていたか」

「気をつけて戻れと声をかけてくれました」

増していく雲に壕内がいっそう暗くなった。伏し目がちにタバコをふかしつつ、モンテーウィンはふと表情を翳《かげ》らせた。

「何か嫌なことでもあったのか」

不器用に表情がゆるめられた。心ここにあらずというのは大げさだとしても、思考の半分くらいを別の何かに取られているように見えた。

ツンフタン部落で面倒な兵隊にでも捕まったのだろうか。上級者にも無礼を働く歩兵ならばビルマ人兵補に心ない言葉をかけてもおかしくはなかった。

「今夜からの警戒任務については佐々塚から聞いているな」

「はい」

「お前だけが事実上の昼夜逆転となる。したがって現時点をもってお前の待機位置はこの指揮壕とする。幕舎や待機壕には他の兵が出入りするし、お前にはまた伝令に立ってもらうこともあるだろうからだ」

警戒任務の下番後はここで気兼ねなく休め。指示がない限り使役に出る必要もない。そう重ねるとモンテーウィンは困惑の表情を返してきた。

「何か困ることでもあるのか」

「北原マスターの寝床を使ってもいいということですか」

「そうだ。遠慮するな。さあ寝ろ」

横穴には落盤防止材が組まれ、ごく簡単ながら竹寝台も組まれていた。モンテーウィンはおそるおそるといった風情《ふぜい》で身を横たえた。

防蚊《ぼうぶん》の面でも横穴には利があった。入り口に蚊帳《かや》をかければ済み、おかげで寝苦しさはさほどなかった。

土屋隊が編成されてからは露営と行軍の繰り返しである。モンテーウィンはたちまち寝息を立てて始めた。


それから二時間ほどが経過し、空間だけは確保された待機壕を確認していたとき敵機の爆音が近づいてきた。

待機壕にも横木が設えられ、横穴には蚕棚《かいこだな》用の竹が運び込まれていた。歩兵の壕を参考にしてのことだが、足かけ二日でここまで進捗するなら今後どこへ行こうと対応できるだろうと北原は意を強くした。コヒマが放棄されたからにはインパール攻略はもはや絶望的である。撤退部隊の収容任務はさらに回されてくるとみておかねばならなかった。

「ハリケーンのようですね」

佐々塚兵長が偽装の枝を仰いだ。ハリケーンは街道荒らしにも頻繁に現れる機体であり、自動貨車大隊にとってはもはや馴染みだった。

爆音はスルサーラ道をたどっているように感じられた。地形の影響か、不意に大きくなったかと思うとあっという間に東へ抜けた。その任務はともかく、正面の敵が呼んだものと考えて差し支えあるまい。直接連絡をつける権限など小部隊にはないとしても、思いがけない損害を出した昨日の顚末《てんまつ》を知れば後方の佐官あたりは手配したくなるだろう。

「歩兵の語っていたところではスルサーラ道での空襲は過去二度のみだ。もっとも、その直後に敵の攻撃前進となったらしいから侮るわけにはいかん」

班員たちはさっそく鉄帽を被り、脚絆を巻き直した。

戻ってきた敵機はその後さらに一往復した。ツンフタン部落の東方で旋回しているもののようだった。

結局空襲はなかった。爆音が西方へと消えたあと兵の一名を走らせてみたが五の川にも異状はないとのことだった。写真が撮影されたのならば、きっと次の攻撃が真面目《しんめんもく》である。

敵は弾薬の蓄積を進めているだろう。迫撃砲もある程度の数がそろえられるかも知れない。しかしすべてが臂力《ひりょく》搬送となれば向こう数日で使用に漕ぎ着けるのはむずかしかろう。人員捻出もわずらわしい。敵はしょせん、あわよくばのつもりでスルサーラ道に兵力を回しただけである。

このまま任務を終えられるのではなかろうか。

今日を入れてあと四日凌《しの》げばいいのである。受けた命令には応えられるとの自信を北原はなかば得た。それだけにモンテーウィンの逃亡には愕然《がくぜん》とさせられることになった。

4

短時間ながら雨が降り、午後が深まっても雲が低く垂れ込め、やがて薄暮が訪れた。

起き出してきたモンテーウィンには別段おかしなところはなかった。とりたてて疲れも見えなかった。あえて言うなら、いよいよ夜間警戒につくとの緊張が少しばかりうかがえただけである。第一直の班員とともに彼は五の川へ向かった。

入れ替わりに下番者が戻って来るころ闇がかかっていた。敵方に変化のない旨が報告され、北原は指揮壕にこもってその日のメモを見返した。

手帳をしまったあと食事を手早く済ませた。焼き米と缶詰だけでは味気なく、各個に適宜食べるのも侘《わ》びしかったが、しょせん長い間のことではない。少々滋養が欠けたところで不調をきたすような班員もいない。第一線に押し出されたのは確かに幸いだった。傷病兵担送にあたる者たちのほうが苦しい思いをしているはずである。

寝台に横たわる前、夜気《やき》を吸いに外へ出た。

月の位置も定かでない夜だった。待機壕との間に立つ歩哨はそれでも即座に気づき異状なしを報告した。ほどなく遠い空に爆光がひらめき始め、地鳴りのような音が遅れて届いた。敵は長距離行動の挺進隊も使っていると言われ、戦線は見習士官が把握できるほど単純ではなかった。

疲れの抜けきることのない日々に睡魔の訪れは早く、寝床に着くと同時に北原は眠りに落ちた。

目が覚めたのは払暁間際だった。きっかけはかすかな銃声だった。

距離と森と壕を考えれば気づいたのは不思議なほどである。眠りが極めて浅かったのだろう。身を起こすと同時に「五の川方向で銃声」という歩哨の大声が上がった。

外はまだ黒々としていた。カンテラを揺らしつつ現れた佐々塚兵長に班員の掌握を任せ、北原は歩哨に質した。

「間違いなく五の川方向なのだな」

「間違いありません」

歩哨は、他の兵から特に古兵殿と呼ばれている年季の入った一等兵だった。「騎銃の銃声です」と断言した。

歩哨の位置に二名を残して班を五の川へ進めた。東の空がかろうじて明るみ始めたところであり、敵が行動を起こすには早すぎた。「警報射撃でしょう」と佐々塚兵長が背後でささやいた。

上番中の兵は島野上等兵である。続く銃声がないのだから敵が現れたわけではない。ゆるい谷に蔓延《はびこ》る木々を前に北原は一度足を止めた。

「全員カンテラを消せ。四周警戒」

佐々塚兵長は先回りした。

「壕へは自分が行きます」

「何かあったら迷わず引き返して来い」

それぞれの位置がかろうじて分かるだけだった。第三警戒壕の菩提樹へ向かう佐々塚兵長の足音と、散開する班員の挙措音が絶えると、一帯は無音になった。

呼吸の落ち着きと共に北原の心は落ち着いた。もっともそれは佐々塚兵長が戻ってくるまでのことだった。

「モンテーウィンが逃げたそうです。島野は無事です。警戒を続けています」

ことがどうあろうと夜明けが迫っているからには日中の警戒態勢へ移らねばならなかった。

「各壕に配兵せよ。待機者はひとまずこの場に残しておけ」

細々としたことは任せておけば良かった。第三警戒壕への上番者二名をともなって北原は菩提樹へ向かった。

島野上等兵はひとり銃眼にかじりついていた。

「申し訳ありません。モンテーウィンに逃げられました」

「話はあとだ」

徒渉場に変化はなく、どうにか見て取れる朝霧は昨日と変わらぬ濃度だった。敵は息を殺しているのか対岸のどこにも人の気配がなかった。

上下番をその場で見届けて島野上等兵を連れ出した。

待機者とともにスルサーラ道で待っていた佐々塚兵長が最小限の報告をした。

「どの壕にも異状はありません。見える範囲では岸辺にも新しい足跡はないとのことです」

モンテーウィンはまだ近くにいると考えねばならなかった。同時に、敵の動きも勘案せねばならなかった。夜襲と誤認するほどまぬけではないとしても銃声が上がったからには警戒が厳しくなっているはずである。

「佐々塚、ご苦労だが捜索の指揮を執れ。敵眼に触れぬよう細心の注意を払え」

空はじわじわと明るくなっていた。

島野上等兵を指揮壕へとうながしながら気が重くなるのを感じた。降り出した小雨がそれを煽ってならなかった。兵補の逃亡は心に対する打撃だった。

「何があった。口論でもしたのか」

島野上等兵は面目なげな顔でいた。モンテーウィンは用便を口実に壕を出たまま戻らなかったとの説明がなされた。

「戻らないのが気になり始めて十分近く待ってから自分は警報射撃をしました」

モンテーウィンに向けられた銃撃でなかったことには安堵させられた。たとえ逃亡阻止のためであってもそうした場面は想像したくなかった。

モンテーウィンへの同情が自覚していた以上であることを北原は認めた。口論でもしたのかと問うたのは心のどこかで島野上等兵を疑ったからだろう。同情のあまり逃亡が勧められた可能性までを考えたのである。モンテーウィンの性分からすれば逃亡にはよほどの勇気が要ったはずで、ひとりで決断できることではないとの思いがその根底にはあった。

「申し訳ありません。戻ってきてくれることを祈るあまり自分は警報射撃をためらいました」

そうは言っても島野上等兵に抜かりはなかった。警報に際しては菩提樹の裏へ回り、銃口を交通壕の底へ向けたという。敵方に銃火を晒さぬためである。

「とにかく上番してからのことを詳しく聞かせろ。モンテーウィンと何を話した」

「夜目の利き具合をまず訊ねました。対岸の森も見えるとモンテーウィンは答えました。岸に何かが出てくれれば判別できる程度のようでしたが」

「他には」

数瞬の間のあと島野上等兵は言った。

「戦の傾きを」

自動貨車大隊は空襲のたびにトラックを減らしてきた。結果的に生じた余剰人員はアラカン山系での収容任務に回された。加えてコヒマから後退してきた歩兵はひどい有様である。これからがいよいよ大変だといった会話がなされたもののようだった。

「申し訳ありません。迂闊でした」

戦の傾きなどそもそも隠せることではない。モンテーウィンの心を動かすほどの影響など今さらあろうはずがなかった。

「島野、よく聞け。お前に詫びられるたびに俺は腹が立つ。愚弄《ぐろう》されているに等しいからだ。意味が分かるか。見習士官であろうとここでは俺が指揮官なのだ。責任者なのだ。それを否定されているような気がしてならないのだ。二度と詫びるな」

怒りはむしろ自分に向いていた。逃亡の事実が重くのしかかる一方で枷《かせ》がひとつ外れたような心地がしてならなかった。部下の落命に対する覚悟は固め得ても、ビルマの少年のそれとなればやはり別なのである。自分の失態で死なせる恐れが消えたとの思いが時間の過ぎるほどに深まっていた。

島野上等兵を疑ったことにも怒りをかきたてられていた。行為の善し悪しは関係ない。部下の謀《たばか》りを一瞬でも考えた事実はまったく嫌悪に値した。

夜の森は完全な闇である。挙動はさっぱり分からない。表情をつくろう必要もなく、用便を申し出さえすればひとりになれる。モンテーウィンはきっとそこにこそ勇気づけられたのである。払暁間際を選んだのは驚異的な視力をもってしても闇を抜けるのは不可能だからでしかない。

問題はどこへ向かったかだった。

まっすぐに自分の村へ帰るつもりならば指揮壕や待機壕を迂回せねばならない。四苦八苦して森を抜け得たとしてもツンフタン部落を前にすればまた迂回せねばならない。その後は傷病兵後送に当たる将兵をかわさねばならない。しかも食い物を調達しながらである。どう考えても非現実的だった。

投降であると認め、兵力や壕の位置が漏れると北原は覚悟した。

覚悟は無駄にならなかった。駆けてきた伝令がモンテーウィンの足跡を発見したと報告したとき指揮官としての表情をどうにか保つことができた。

捜索にあたっては、かきわけられた茂みや足跡の発見に努めたことは訊くまでもなかった。敵方に向かったと見立てた上で佐々塚兵長は岸沿いの森に重点を置いたようだった。

現場への案内には梅本《うめもと》一等兵が立ってくれた。佐々塚兵長が指名するだけあって勤務にそつのない兵隊である。班では最も持久力が高く、身のこなしも軽い。明るくなった空のもと第一警戒壕まで歩くと「渡河地点はさらに二百メートルほど上流です」と説明した。

「川を方向の頼りにしながらひとまず陣地から離れたのでしょう。あの木の根元をご覧ください。対岸をうかがったような形跡があります」

モンテーウィンは対岸を確かめつつ追っ手の気配も探っただろう。警報射撃には焦りもしただろう。常人には闇でしかない払暁の中、ひたすら上流を目指すその姿を想像すると気の滅入りすら覚える。敵眼をかろうじて避けられる森を彼は慎重かつ必死に歩いたのである。

わずかな距離でも息が上がる原始の環境だった。軍刀がことさらわずらわしく、渡河地点に達したとき北原は汗みずくになっていた。

「ここから対岸へ向かっています」

梅本一等兵の指す岸には足跡が一本刻まれていた。足跡は真っ直ぐに対岸まで延びていた。どこか浮世離れして見える光景だった。対岸へ双眼鏡を向けたとき彼岸という言葉が脳裏を過ぎってふと笑いの衝動を覚えた。自嘲である。モンテーウィンは戦を悟り、北原たちは見限られた。密林に迷う恐れを押しての投降は気の小さな少年にはいかにも似合わず、日本側にいてはいずれ落命に至るとの断定がなされたのは疑いようがなかった。

「もう投降を済ませたでしょうか」

「渡ってしまえば急ぐ必要もない。インド兵の気張りがゆるむ頃合いを選ぶだろう」

寄ってくる蚊と蠅には閉口させられたが、蛭は梅本一等兵が銃剣で処理してくれた。一帯の景色を改めて確認し、足跡を含む状況のすべてを北原はメモした。

五の川の流れは昨日よりも増していた。雨期のアラカン山系は常時どこかで雨が降っており五の川にもいずれは濁流が渦巻く。モンテーウィンがつけた足跡も遠からず消える。山岳地には珍しい開けた岸は流域の思いがけない広さを示している。

今日を入れてあと三日。

凌げるだろうか。

布陣状況はもとより本職の歩兵が後退したことも漏れる。攻撃準備を進めているはずの敵はこの上なくありがたい情報を得ることになる。指揮官は自信をつける。

どう対処すべきか。

川や対岸を望める位置であらねばならない以上、今さら壕の変換はできない。歩兵たちは後衛の一部が遅滞戦を続けているうちに築城作業を進めたに違いないのである。

「梅本、しばらくここで警戒を頼む」

モンテーウィンを捕まえた敵はその弁を確かめたがる。日本軍の陣地からどうやって来たのか質さぬわけがない。北原は双眼鏡を渡した。

「交代の兵をすぐに寄越す。もし対岸に敵が現れたらすぐに射て。警報が優先だ」

万が一ということはある。モンテーウィンを案内に立てた迂回渡河も想定しておかねばならなかった。

スルサーラ道へと戻りながら布陣の縮小を決めた。敵の迂回渡河時に孤立しかねない第一警戒壕と第五警戒壕を引き払い、浮いた人員を第二警戒壕と第四警戒壕へ入れるのである。川と森の二方向を警戒させれば側背からの接近は察知できようし、掌握範囲の狭まるぶん不測の事態には対処しやすくなる。敵が次に動くときは迫撃砲弾が雨のごとく降ってもおかしくはなく、混乱を避けるためにもそれはやっておくべきことだった。

仕掛け爆弾も設置すべきだろう。引き払った第一警戒壕と第五警戒壕の近くに設置しておけば警報の役目も果たしてくれる。

むろん、すべては土屋中尉に知らせる必要がある。伏撃をかけながらの後退手順も早めに整えておかねばならない。

やや迷いはしたものの、午後に入るのを待って北原は単身でツンフタン部落へ向かった。おり悪く雨が降っており携帯天幕をマントにした。

雨期が深まるほどに担送の労は増す。ツンフタン部落に入ったときその実感をより強めることになった。

「貴官がじきじきに伝令に立つとはずいぶんな横紙破りだな。らしくもない」

五つの担架を送り出すため土屋中尉はスルサーラ道に立っていた。顔には心なしか悲壮感が滲んでいた。担送に当たる兵たちはすでに疲労の色が濃く、雨外被《あまがいひ》を羽織った体は重たげである。宣撫《せんぶ》効果が上がらないのか、背負子を担いで続く部落の男たちも忌避感を隠していなかった。

北原を自身の幕舎へうながしながら土屋中尉は言った。

「旗色が旗色だ。昨日のハリケーンに部落は動揺している。あれは明らかに威武飛行を兼ねていた。イギリスに非協力的な部落が空襲された例を住民たちもよく知っていてな、もはやタバコ程度では愛想笑いも見せんよ」

幕舎には竹簀《す》の子が敷かれていた。奥に腰をおろすと土屋中尉はタバコをくわえた。それなりの事情があると心を構えてはいただろうが、北原が払暁からのことを語り終える頃にはさすがに思案の色を深めていた。

「申し訳ありません。とんだ事態を招きました」

「だが貴官は逃亡の兆《きざ》しを感じていなかったのだろう。おそらく誰が指揮を執っていようと同じことだ」

決して表面的な慰めには聞こえなかった。未経験の歩兵仕事を押しつけた負い目もあるのだと思われた。

「実を言いますと昨日の伝令から戻ったときモンテーウィンの様子が少しおかしかったのです。何かを思い悩んでいるようでした。にもかかわらずわたしは逃亡の危惧をまるで抱きませんでした」

「それを言うなら俺も同じだ。封書に一言書き添えるべきだった」

土屋中尉の表情は精彩を欠いたままだった。煙缶《えんかん》に灰を落としながら気怠《けだる》げな様子で続けた。

「ちょうどモンテーウィンが帰路につこうとしたとき発狂者が出てな。幕舎から飛び出したあげく戦争は嫌だの家に帰りたいだのと喚《わめ》いたのだ」

それはずっとマラリアの高熱にうかされていた兵隊であるらしかった。「猿ぐつわを噛ませて縛り付けるしかなかった」という。

兵補には衝撃的な光景だったろう。旗色の悪くなっていく日本軍とアラカン山系の険しさにもともと心が揺れていたなら、それこそとどめとなったはずである。

「とにかく貴官に落ち度はない。モンテーウィンが逃げてしまったからにはもう頭を悩ませても仕方がない。北原、割り切れ」

人の心を作るのは環境である。土屋中尉が精彩を欠いているのは傷病兵と向き合いながら悪臭を嗅ぎ続けているからだろう。モンテーウィンの代わりとなるような視力聴力に優れた住民を回してもらう。そうした考えにも押されて足を運んできた北原にとって状況はあまりに厳しかった。

宣撫にいくら手間をかけようと部落の積極的な協力は期待できない。職務柄、宣撫をむしろ得意とする自動貨車大隊にしてみれば、この地はあらゆる面でやりにくい。住民との付き合いをつかのまと割り切る雰囲気の土屋中尉が北原には危うく見えてならなかった。

「発狂者にモンテーウィンが心を決めたならこの部落の動揺も想像以上と考えねばなりません」

ツンフタン部落に残っているのは傷病兵と輜重兵ばかりで、しかも少しずつ数を減らしていく。不遜《ふそん》を承知で北原はその点を強調した。

見習士官ごときに注意をうながされるのは腹立たしかろう。そもそもアラカン山系の具体的知識を北原に授けたのは土屋中尉であり、そこにはイギリスの諜報《ちょうほう》活動の事例も含まれている。

敵は早くから信賞必罰をもって住民を操ってきたのである。

「吸え」

タバコとマッチを寄越したかと思うと土屋中尉は先刻までと変わらぬ口調で問うてきた。

「貴官を五の川へ向かわせたのはなぜだか分かるか」

いいえと答えながら北原は罪悪感を覚えた。土屋中尉は見るからに立腹の力も惜しんでいた。担架を送り出したばかりである。本来であれば仮眠のひとつも取れるはずだった。

「貴官はものの考え方が細かい。それでいながら視野狭窄《きょうさく》には陥らない。それは大隊長殿の明言するところでもある。第一線をも受け持つ場合があるなら貴官を向かわせようと決めて俺はチンドウィン河を渡ったのだ」

その判断は正しかったとの言葉が継がれた。

「輜重兵が歩兵の代わりを務めるなど容易ではない。編制、火器、士気、経験、すべての面でだ。しかし貴官はそつなく布陣交代を済ませた」

あの歩兵軍曹がどう報告したのかは語られなかった。はっきりしているのは、土屋中尉が自分の判断を正しいとみなす内容であったということだけである。

「英単語と文法が頭に入っていることも大きいが、やはり貴官は第一線でも細かなところに目を配っている。貴官がみずから伝令に現れても俺は特に不安を覚えない。佐々塚兵長に班長代理を命じれば問題ないと貴官が判断したなら問題はないのだ。しかし」

土屋中尉はひとつ声を大きくした。

「思考も過ぎると神経衰弱を招く。歩兵でもそうした例がある。日の浅いうちはまだいいが、その調子では貴官はいずれ自壊するだろう。もしそのようなことになれば俺は判断を誤ったことになる」

　木を見て森を見ずでは指揮官は務まらない。割り切りとは要点を押さえることだった。

北原の顔に相応の納得を見たのか、土屋中尉は仕切り直しの気配で手帳を取り出した。

「住民に関して言うなら今の貴官が重視すべきはマルフ部落の男だ」

　情報を集めておいたもののようだった。風貌や物腰からすると軍使として現れたのはラングカンなる名の住民であるという。

「マルフ部落では籾米の買い付けをとりまとめてくれた男らしい。親切心と胆力をあわせ持っているというのが直接交渉した歩兵の述べるところだ。英印軍の軍使となったのもそうした性分のためだろう。おそらくまた現れる」

　北原はメモを録《と》りながら考えた。敵指揮官は次の攻撃発起までの間にできる限りの手を打つだろう。モンテーウィンを手に入れたことでラングカンを失っても惜しくないとの考えに至れば、北原たちの猜疑心《さいぎしん》を煽るような指示も与えかねなかった。

「敵の言う虐待も一応は当たってみたがそれらしいものはない。籾米調達はすべて物々交換によっている。虐待じみたことを行う余力も時間もなかったのだ。敵は使役の類を針小棒大に解釈しているのだろう」

　考慮の要なしと断じる一方で確認をおろそかにしないのだから誠実な上官だった。言葉を選びつつ歩兵に当たるのは心労も大きかったろう。これ以上の負担はかけられなかった。

「で、今後の布陣はどうする」

川沿いの壕を三つに減らすことと仕掛け爆弾の設置、および敵の追撃に対する腹案を北原は語った。

「手榴弾については鹵獲ぶんを使います。警戒に充てる兵力自体は変えないつもりです」

「ようするにそういうことだ。モンテーウィンが逃げようと貴官の任務に変化はない。隊を預かる俺も部落の保安と看病と後送の差配を続けるだけだ。いいな北原」

話はそれで終わりだった。たとえ北原の理解が足らぬとしてもそれこそ割り切らねばならないと土屋中尉は意識しているように見えた。

「危ういと思ったらためらわずに五の川を放棄せよ。ミイラ取りがミイラになるような事態だけは避けねばならない」

北原は最後にひとつ求めた。それもまたツンフタン部落へみずから足を運んできた目的のひとつだった。

「恥ずべきことではありますが隊長殿には軍刀をお預かりいただきたいとも考えて参りました。五の川からの撤退の日まで」

いずれ将校となる者にとっては勇気を要することだった。北原は頭《こうべ》を深く垂れて軍刀を差し出した。

「密林ではとかく引っかかりますし、場合によっては敵の目を引きかねません」

そうだろうなと言いながら土屋中尉はあっさり受け取った。そこはかとない安堵が感じられたのは気のせいではなかろう。見習士官が自分から見せた割り切りと位置づけたのはまず間違いなかった。

前に土屋中尉が語っていたところによると、スルサーラ道はアヘン密輸で拓けた道であるらしい。自動貨車大隊があらかじめ仕入れていたアラカン山系に関する情報のひとつである。

日本軍から見たアラカン山系はビルマ奪還を目指す英印軍の足がかりであり、たとえインパール作戦の必要がなかろうと情報収集の手は抜けなかった。結果として日英両軍はチンドウィン河をはさんで斥候を放ち合い、敵方奥深くに密偵を送り込むことになった。過去二年以上、それは片時も中断されずに行われていたのである。

友軍は道という道をたどり、兵要地誌の材料を集め、敵の動きを探り、その過程で住民の取り込みに尽力した。だからこそ駄馬すら通れぬスルサーラ道までを把握するに至った。

何度歩いても修験のそれが連想されてならない。いくつもの沢や小川と交差しながらスルサーラ道は東西に延びている。あえて尾根と谷の続く場所が選ばれたのは明らかで、すべては英官憲の目をかすめるためでしかない。それだけの苦労に見合う儲けがアヘン密輸では出るということだった。

もっとも、密輸ルートとしての役目はとうに失われているようである。スルサーラ道の部落は元を正せば宿場ないし中継所と考えられる。背負子が頼りの山岳輸送においてそれは不可欠なものだろう。アヘン商人は近在のナガ族に話をつけて常駐者を送り込み、食糧持参にともなう輸送量低下を抑えるために焼畑などを拓かせた。そのうち常駐者相手の行商が回り始め、商売女も通い始め、女房となる者が現れ、子供が産まれるようになったのである。

広大なアラカン山系にはきっといくつもの密輸ルートが走っている。英印軍のみが把握しているルートもあるだろう。インド側で摘発されたアヘン商人を尋問し、さらには刑務所から連れ出して道案内させることも充分にあり得る。スルサーラ道への進出を英印軍が決めたのも案外そうした人間の存在のためかも知れなかった。

いずれにせよ敵はあらゆる面で有利である。たとえモンテーウィンの逃亡がなかろうと土屋隊の苦しさに変わりはない。一度は得た自信を努めて捨てることで北原は心を戒め、班へ戻るまでのあいだ地形をよく観察した。

五の川では、佐々塚兵長が第二警戒壕と第四警戒壕の拡張を仕切っていた。敵兵の目を引けば狙撃されかねない作業だった。小円匙を振るう班員たちは全身に偽装を施し、壕底の泥水に膝を浸けていた。

対岸に敵影はなく、モンテーウィンの渡河地点に出している兵からも異状なしの報告が一度届いたという。

静かであるほど不気味さは増す。布陣縮小と壕の拡張はつつがなく進み、敵機の飛来もないままその日は終わることになったが、北原はむしろ緊張を高めた。

5

翌払暁もまず第三警戒壕へおもむいて霧の濃度を確認した。その足で他の壕を回りつつ静かな対岸と改まった陣地の全体を確かめた。

布陣縮小を班員は歓迎していた。むろん二名態勢であれば眠気と不安がやわらぐからだった。自分たちがにわか歩兵であることを北原は念頭に置き直した。

第三警戒壕へ戻ったあと、しばらく対岸を見つめた。朝霧はゆっくりと流れていた。五の川からの撤退には早めに備えるべきだったが、午前のうちはやはり敵の渡河が危惧されてならなかった。

設置された仕掛け爆弾の確認は午後に行った。佐々塚兵長は「まずは上流へ」と先導にかかり、第二警戒壕を過ぎて三十メートルほど進んだ地点で足を止めた。

「気をつけてください。ここです」

そっとかきわけられた藪には足首に絡まる高さでタコ糸が張られていた。念の入ったことに糸は赤茶色をしていた。

「泥を塗ったのか」

「いざ仕掛けてみるとどうにも目立つような気がしまして」

それこそ一歩一歩を確かめねば発見できまい。佐々塚兵長は手榴弾をくくり付けた闊葉樹の根元も示した。手榴弾とそれを固定する糸にも泥が塗られていた。

さらに十メートルほど進んだ先にも同じものが仕掛けられていた。歩兵がもともと設置していたタコ糸は動かしていないらしく、それはそれで牽制になると期待できた。

佐々塚兵長はどこまでも堅実である。下流にも同様の形で二箇所仕掛けられており、敵が迂回渡河に出たなら絶対に引っかかると北原は確信した。

スルサーラ道へと戻り、インド兵の墓前まで出たとき、感じたままを口にした。

「お前は実に割り切りが早いな。下士官勤務を無難にこなせるのもそれゆえだろう。俺はどうもいろいろと考えすぎるようだ。昨日、隊長殿にもその点で指摘を受けた。お前の言動は参考になる」

見習士官の下につけるならば軍歴の長い軍曹あたりが適当である。しかし古参連中はトラック運用の主力であって自動貨車大隊が簡単に手放すわけがなかった。佐々塚兵長はいわばそのあおりを受ける形で土屋隊に加えられたのである。

本人も同じように想像しているだろうし、ならば愚痴のひとつもこぼしたいところだろう。北原の班に入れられるおりにも彼はひとつ割り切ったと考えるべきだった。

「そうした心がけをお前はいつ身に付けた」

「急にそのようなことを訊かれても困りますが」

「昨日の今日でモンテーウィンのことまで割り切れるとなればただごとではない」

モンテーウィンの名を出したのはいささか不用意だった。佐々塚兵長は無言で見つめ返してきた。

「敵側に銃声がなかったからにはモンテーウィンはうまいこと投降したのだろう。そのまま敵に回ったともみなしておかねばならない。あの驚異的な視力聴力を思うと俺は寒気すら覚える」

「指揮官としては確かにそうでしょうが自分はしょせん命令を受けるだけの立場です。視野が狭いのか、今もどちらかと言えば空の方が気になります。空襲日和《びより》ですからね。ハリケーンあたりがまた来そうな気がします」

命令を受けるだけの立場と言いつつも進言をためらわない。歩兵軍曹に対する北原の態度には苦言を呈しもした。空は確かに空襲日和だったが、北原ははぐらかしのにおいをはっきりと嗅いだ。

灰色の層積雲が広がっていた。こうした空のもとで急襲されたトラックは数知れない。佐々塚兵長の予感は当たり、指揮壕へ向かって歩き始めたとき爆音が轟き始めた。

自動貨車大隊にいた頃のような心配はなく、退避を命じる必要もなかった。掩蓋強化用の木材調達に動いていた班員たちがぞろぞろと待機壕へ入っていき、佐々塚兵長は「では」と一礼して続いた。モンテーウィンに関する話を彼は明らかに避けていた。

飛来したのはハリケーンの三機編隊だった。

北原が警戒すべきはあくまで正面の敵の渡河であり、すでに午後に入っていたことからその点での不安はほとんどなかった。おそらくは日本兵に疲労を強いることと空地の連携確認を目的とした空襲である。通り一遍といった様子の機銃掃射が五の川右岸に加えられた。

ハリケーンの帰投を待って敵は動きを見せた。第二、第四警戒壕に被害のないことを確かめ、待機人員の全力を第三警戒壕とその交通壕に入れたところで迫撃砲弾が落ち始めた。

爆煙に視界が遮られるのは恐ろしくもあったが弾着は先日同様に間延びしていた。双眼鏡を構える兵は爆煙の切れ間に徒渉場を確認しては「敵影なし」と報告した。

三分間ほど続いた砲撃は一分間ほどの中断を経て再び始まった。被害確認の兵をみだりに走らせるのは危険で「敵影のない限りはじっとしているよりなさそうですね」と佐々塚兵長が助言を寄越した。

不定期な中断をはさみつつ砲撃は結局二十分ほど続いた。兵のひとりに数えさせた総弾着数は五十五で、不発も含めれば六十ほどと思われた。直撃を受けた壕も負傷者もなく、万が一迂回渡河が始まっても不意を突かれる恐れはなかった。

「全員そのまま聞け。ちょうどいいから言っておく。今後の方針だ」

掩蓋の下で班員はすし詰めになっていた。ここへ駆けつけて四日目であることを前置きしてから北原は言った。

「先日のような失敗を繰り返すつもりなど敵にはあるまい。今の砲撃は擾乱《じょうらん》だろうが、発射間隔からすると諸元を取っていたと考える必要もある。ならば明朝には渡河にかかるだろう。言うまでもなくそのときは迫撃砲の猛射となるし、陣地が耕されてしまえば我々は連絡すらむずかしくなる。しかし混乱にさえ見舞われなければ凌げる。我が班に与えられている命令は死守ではない。いざ敵が渡河に入ったらそれぞれの判断で正面の敵に一撃をかけよ。欲は出すな。戦果確認も禁ずる。一撃後はただちに壕を放棄し指揮壕および待機壕の位置へ集結するのだ」

佐々塚兵長が代表して質問した。

「その後はいかがしますか」

「後退先の選定にこれから向かう。島野、来い」

島野上等兵の動きは速かった。先導にかかるべくさっそく出ていった。

「佐々塚、戻るまで頼む。第二、第四警戒壕にも方針を伝えておけ」

森はまだ硝煙《しょうえん》にかすんでおり、スルサーラ道へ出るまでに弾痕をふたつ迂回せねばならなかった。むしろ森をまんべんなく射ったのではなかろうか。道には直撃弾もなく、おかげでインド兵の墓も指揮壕も無事だった。

「諸元を取っていたのだとしたら道が無傷なのは変ですね。敵はよほど観測に苦労しているのでしょうか」

「突破後の追撃を考慮しているのだろう」

山岳地帯の空は変化が早く、雲の厚みがみるみる増した。壕から引っ張りだした携帯天幕を羽織ったところでさっそくぽつぽつ来た。敵も雨は忌まわしかろう。航空支援も砲撃支援もない日本軍に対する神の助けと思いたかった。

後退先の第一候補は五の川から七、八百メートル後方の棕櫚林だった。暴力的に生い茂る木々の中に棕櫚の木が群れており、そこだけは緑の密度が低かった。スルサーラ道では貴重な場所である。

「そうでしたか。教官殿が伝令に立ったのは後退先の目星をつけるためでもありましたか」

「逃亡の心配でもしていたのか」

「そんな冗談を言う者もいました」

足を止めぬまま棕櫚林を抜け、伏撃の想定をした。比較の問題でしかなかったが確かにいくらか射界を得やすい。ここで射撃を受けたなら敵は必ず展開に入る。つまりは時間を食う。その機を逃さず負傷者等を退げるよう示しておけば不安はない。敵指揮官がいかに報復の念に燃えていようと急追する兵に迫撃砲は運ばせ得まいし、インド兵の数名でも倒れれば深追いに危険を感じてくれるはずだった。

棕櫚林をわずかに見下ろせる斜面に立ち、木々の合間に片膝を立ててみると、むしろ理想的な地点に思えてきた。携帯天幕で手帳をかばいつつ北原は一帯の図を描いた。班がここに来るとき何名が無事であるかは見当がつかず、射撃に適した場所のおおよそだけでも事前に周知しておかねばならなかった。

「よし。次だ」

「まだあるのですか」

「土砂崩れ地点だ」

あえて言うなら、そこは予備後退先である。ツンフタン部落と五の川の中間付近だろう。南に面した斜面は急で、流れ落ちた土砂がスルサーラ道を切断している。乗り越えるのは並大抵のことではない。敵にしてみれば泥の岸よりも厄介だろう。

泥にまみれながら土砂崩れを乗り越え、射撃に適した場所をいくつか選定したとき、ツンフタン部落方向から唐突に兵隊がひとり現れた。鬱蒼《うつそう》とした森に遭遇は至近距離とならざるを得ず、先方は仰天して銃を構えた。

「待て、友軍だ」

失礼しましたと言いながら兵隊は駆け寄ってきた。土屋中尉の当番兵である。外被すら持たずに出発したらしくずぶ濡れだった。

「ハリケーンを遠望しながら隊長殿が心配されていました」

封書を受け取りつつ北原は告げた。

「布陣に影響はないと伝えよ。機銃掃射後に六十発ほどの迫撃砲射撃があったが兵も壕も無事だ。ただし正面の敵は早ければ明日にも動くと思われる」

メモを録りながら当番兵は表情を引き締めた。口上伝達はないらしく敬礼を経てすぐに消えた。

携帯天幕を叩く雨がしだいに激しくなり北原は空を仰いだ。五の川はまた少し増水する。敵はいくらか焦る。きっと明日動く。

土屋中尉からの封書には今後の見通しが綴られており一読と同時に安堵を覚えた。

傷病兵後送は明日の日没前に最終便を出す予定だという。隊は最終便とともに部落を離れ、六の川なる地点で露営に入る。そこはツンフタン部落から一時間ほど東であり、すでに歩兵が築城にかかっている。北原班の後退までは保安のため兵の一部を部落に置いておくとのことだった。

「実はな島野、お前を連れだしたのには理由がある。モンテーウィンが兵補になった経緯を詳しく知りたいのだ。エニンとかいう村の出身だったな？」

急な質問に戸惑うかと思いきや島野上等兵はすんなりと答えた。

「中隊がエニン村に駐屯しているとき大隊長殿の目に留まったのです」

どこへ移駐しても分散駐屯が基本である。おかげで大隊長を見かける機会はほとんどなく、あるとすれば視察時くらいだった。まさにその視察のおりモンテーウィンの聴力が注目されたのだという。

「ずいぶん偉い人が来たと住民が遠巻きにしているところに敵機が飛来したのですが、爆音にいち早く気づいたのがモンテーウィンでした」

他の住民よりも十秒近く早い察知であったことと、兵隊を思わせるほどの大声であったことが語られた。敵機の通過後にまた住民が集まると大隊長は直にモンテーウィンを賞賛したとのことだった。

労務参加してくれる住民のひとりに過ぎなかったモンテーウィンは、以降トラックにも乗り込むようになった。走行中であっても爆音を聞き分け、機種の判別もできるようになり、いつしか隊に欠かせない存在となっていた。

「兵隊と行動を共にするならばと軍衣袴も貸与され、その末に兵補志願となったしだいです」

少しばかり腑に落ちない点があった。エニン村での駐屯中も敵機は連日のように見られたはずである。では大隊長の視察日まで聴力が注目されずにいたのはなぜか。

「夢に仏陀が出てきて空への注意をうながされたと本人は言っていました。不思議と耳も冴え始めたとか」

「隊や村に兵補志願を強要するような雰囲気はなかったか」

「自分の知る限りではありません」

さすがに島野上等兵はいぶかしげだった。

「それが何か?」

「兵補となった経緯によっては情報の漏洩度も異なるだろうと思ってな」

投降後のモンテーウィンは、意に反してアラカン山系へ連れて来られた哀れな百姓を装っただろう。難道で駄馬代わりにされたとでも説明したのではなかろうか。捕虜としてインド内陸へ送られるにせよ、英印軍に使役されるにせよ、命を取られるようなことはまずあるまい。つまりはいずれエニン村へ戻れる。

かえって良かったのかも知れない。

この一か月ほどの間に戦争は大きく動いた。ニューデリー放送は連合軍のノルマンディー上陸を伝え、米軍のサイパン島上陸を伝えた。前者はドイツの、後者は日本の城壁を破るに等しく、いずれも上陸軍敗退のニュースは聞こえてこない。加えて、大陸からは北九州爆撃が行われた。かねて噂のあったB29なる大型爆撃機がとうとう日本本土に届いたのだった。そして乾坤一擲《けんこんいってき》とも言われたインパール作戦はこの有様である。

戦況の好転はあり得ない。ビルマから日本軍の一掃される日がいずれ訪れるだろう。イギリスにしてみれば失地の全回復が最低限の目標である。

その日はもう終わりだと思っていた。午後が深まっても雨はやまず、敵にも動きはなかった。指揮壕で濡れた衣袴を絞って北原は一服つけた。

いつでも陣地を放棄できるよう荷物はまとめてあった。カンテラの灯りに浮かび上がる壕内を漫然と眺め、ここもいずれはインド兵が確認するだろうと考え、撤退に際して仕掛け爆弾を設置しておくのも良かろうと考えた。アラカン山系進出にあたってはひとり一発の手榴弾が支給されている。六の川まで後退したあとは担架搬送に回されるやも知れず、荷も極力減らしておくべきだった。

五の川から伝令が駆けてきたのはちょうど一服を終えたときである。

「対岸にまた住民が現れました」

鉄帽をかぶって駆けつけると第三警戒壕には巡察中の佐々塚兵長が詰めていた。

「先日の男です。帰れと告げたのですが言うことを聞きません。背後から命令が飛んでいるようです」

雨に景色はぼやけていたが双眼鏡越しに男の顔はどうにか視認できた。先日よりも硬い表情だった。雑嚢すら持たない手ぶらである。

敵も日本側の心理は踏まえている。遅い時刻を選んだのは警戒心をいくばくかでも解くためだろう。モンテーウィンのことが頭をかすめたとき北原は命じた。

「連れてこい」

増水を続ける川は不穏な様相を呈していた。佐々塚兵長が岸へ出て声をかけると男はゆっくりと渡り始めた。

困ったのは連行先である。目隠しをした上で先日と同じ地点まで連れて行ったものの、出てきた風に雨がしぶき始めていた。鉄帽を叩かれていては会話もままならず、ずぶ濡れの男に至ってはひどく寒そうだった。

「指揮壕まで連行する」

「この男、インド兵ではありませんかね。もしくはグルカ兵か」

手紙のないことと落ち着きぶりが引っかかるらしく、男の二の腕を取りながら佐々塚兵長は上から下まで眺め回した。

「敵にしてみれば前回は期待外れだったのでしょう。だから口頭での伝達にしたのでしょう」

「無用な勘ぐりは慎め。隊長殿の情報によれば住民のひとりだ」

歩数を勘定している恐れはあった。しばらく森を適当に歩かせ、道を若干引き返してから指揮壕へ向かった。

雨が当たらなくなるとさすがにほっとした。男を横穴へ押し込むついでに北原は目隠しを取った。

膝を抱えて座り込み、男はぎこちない笑みを見せた。「こんにちはマスター」と言う一方で猜疑心のあらわな佐々塚兵長には不安を隠さなかった。

「念を入れて兵隊とみなしておくべきです。英軍は進む先で募兵を行っていますし、印軍には元来ナガ族もいるはずです」

疑い始めればきりがない。男と再び目が合うのを待って北原は思い切って質した。

「ラングカンだな」

土屋中尉の情報は正しく、返ってきたのは図星の表情だった。

「大丈夫だ。間違いなくマルフ部落の住民だ」

あくまで油断するつもりはないのか、佐々塚兵長は中腰のままカンテラを無遠慮に向けた。ラングカンの顔は改めて観察しても山岳民族のそれでしかなかった。

「伝達事項はなんだ」

「撤退勧告です」

すべては指揮官の言葉であると前置きしてからラングカンは言った。

貴隊が撤退すればこの川の戦いは終わる。お互いに血を流さずに済む。血を流したところで貴隊は撤退に追い込まれる。我々はすでに架橋資材もそろえている。次は今日の十倍の砲弾を注《つ》ぎ込んで川を突破する。

「以上です」

ラングカンは北原の反応をいかにも確かめており、佐々塚兵長の想像が決して外れていないことは認めざるを得なかった。

「指揮官はイギリス人だな？」

「申し訳ありません。それは答えて良いことではないと思います」

英印軍のことはそもそもよく知らない。ずっと幕舎のひとつに押し込められているとの弁が続いた。

「お前専用の幕舎があるのか？」

「はい。インド兵の監視がついています。自分の意思で出られるのは用便のときだけです」

事実のほどはともかく敵軍に協力する住民としては無難な説明だった。それは障りのない回答ならば許されているということでもあった。

「息が詰まるだろう」

「監視兵とはもう話題が尽きました」

「監視兵以外とは口を利いたことがないのか」

「はい」

「イギリス人を見たこともないのか」

ラングカンはやはり「はい」と答えたが、それはさすがにあり得なかった。連行の判断を下した指揮官がラングカンの素養や性質を直接探らぬはずがなかった。

逃げようのない横穴に不安が高まるらしくラングカンはまたぎこちない笑顔を作った。日本軍に悪感情はないと示すような質問をおずおずと口にした。

「以前の兵隊さんはお元気ですか」

敵が指示した質問だと直感し、「元気だ」と応じてから北原は少し悩んだ。

モンテーウィンの投降をラングカンも知っているだろう。敵の狙いが揺さぶりにあるとしても、投降後のモンテーウィンを確かめ得る唯一の機会と思えばこのまま帰す気になれなかった。「以前の兵隊さん」というからには歩兵の後退を想像し、もしくは承知しているのである。

タバコを出して時間を稼いだ。ラングカンはわずかばかりに安堵を見せ、うまそうに煙を吐いた。

モンテーウィンは素直に尋問を受けただろう。少なくともスパイと疑われぬ態度を通しただろう。ラングカンが再び現れた理由はそこにあるとも考えられた。供述の裏取りである。

「監視のインド兵は交代するはずだ。一名のみでの監視は到底考えられない」

かすかな迷いを見せつつもラングカンはここでも「はい」と答えた。

「するとお前は複数の者と接していることになる。さっきは偽りを述べたことになる」

「マスター、不正確な答えはお詫びします。ですがそれは例外です。交代はごく短時間です。事実上ずっと特定のインド兵に見張られています」

「例外は他にもあるはずだ」

ラングカンはすでに察しているように見えた。モンテーウィンを捕まえたことは明言するな。ただほのめかせ。そう命じられているのだと北原は見て取った。

「ラングカン、俺はお前をすぐに帰すつもりだ。だからひとつだけ正直に答えてくれないか。平地出身の若いビルマ人とも会ったな？　そのビルマ語が本物かにわか仕込みかの確認にお前は対面もさせられたな？」

出し抜けに銃の操作音が上がり心臓が跳ねた。佐々塚兵長が銃口をラングカンへ向けたのだった。

「教官殿、無駄です。敵は我々が何を問うか知りたがっています。極めて狡知《こうち》に長《た》けています。この男はいわば毒です。迫撃砲弾よりも我々を乱す毒です」

「銃を下ろせ。敵が喜ぶだけだ。ラングカンに危害の加えられることを敵は期待している」

「教官殿、もう腹をくくるべきです。敵は最終的な勝利を盾に脅しをかける汚い連中です」

意見の衝突場面などラングカンに見せるべきではなかった。

「少し出ていろ。頭を冷やしてこい」

「拒否します。自分はもう銃を向けました。今さら取りつくろっても意味はありません。教官殿に腹をくくってもらうために銃を向けたのです」

「それは抗命罪となる」

「そのとおりです」

佐々塚兵長の目はラングカンに留められたままだった。にじり寄る北原には「手を伸ばすなら射ちます」とひどく冷静な声で言った。

「危害を加えようと加えまいと同じです。こいつの態度からしても間違いありません。こいつと接した時点で同じなのです」

「とにかく銃を下ろせ。ラングカンは軍使だ。多少の質問を受けることは敵も織り込んでいる」

自分の耳にも虚しい言葉だった。自軍が正義であれば敵軍は悪である。その絶対の事実の前には末端将兵の行いなど問題ではない。北原たちはすでに捕虜処刑と民間人虐待の濡れ衣を着せられている。

佐々塚兵長は憐れみの目を寄越した。見習士官の守《も》り立てに疲れたような色が滲んでいた。

「こいつを帰してはなりません。この地の住民であれば視力聴力は優れているはずです。拘束ついでにモンテーウィンの代用として使うべきです」

魔の差す感覚にひとつ襲われた。

スルサーラ道での任務は正念場を迎えようとしている。土屋隊も歩兵たちも明日の日没前にツンフタン部落を離れる。担送兵は往復の必要がなくなり、追撃する英印軍に六の川での展開を強いれば任務は完了したも同然となる。斥候を放ち、射界を確保し、火点を設けるだけで敵は時間を食う。その間にしんがりは離脱してしまえばいい。

ラングカンが戻らなければ敵は迷う。現地住民の命など取るに足らぬとしても少しは迷う。その少しが命を分けかねなかった。

敵が渡河に出るのは午前中で、よほどの必要がない限り戦い方を変えない。ならば明朝に英語で何かしらの要求をすればいけるかも知れない。たとえばモンテーウィンの返還を要求してみてはどうか。言うなれば捕虜交換である。最終的には突っぱねるとしても敵はいくらか思案する。午前中をそうして乗り切ってしまえば北原班も土屋隊も歩兵たちも血を流さずに済む。

抗命をあっさり認めたのも腹をくくらせる手段なのだろう。きれいごとは有害でしかない。負傷兵一名が健兵数名を奪う難道である。佐々塚兵長の目はそれらを強調していた。

「教官殿は荷物を持って出てください。多少窮屈ですが待機壕に引っ越してもらいます」

「どうする気だ」

「この壕を牢にします。こいつを見張っています」

「兵を遊ばせておく余裕などない」

「どのみち歩哨が必要でしょう。こいつの監視を兼ねて自分が一晩中やります。いえ、撤退時までやり通します」

ラングカンは横穴の奥で戸惑っていた。「お前は捕虜だ」と告げられると愕然とした表情になった。

「いいですね教官殿、これは抗命なんです。見習士官の面目にかけて許さぬとおっしゃるなら自分はこいつを射殺します」

拳銃を寄こせ。梅本一等兵に水と糧秣を運ばせろ。そうした要求を続ける佐々塚兵長に北原は返す言葉を見つけられなかった。見習士官に対するこれまでの言動はおしきせでしかなかったと痛感させられるに充分だった。

さらに深刻な事実があった。心の片隅で抱いていたモンテーウィンの逃亡理由を否定せざるを得なくなったことである。

佐々塚兵長の差し金ではないか。

そうであれば割り切る努力や情報漏洩を案ずる様子がないのもうなずけ、北原はささやかながらも救いを見いだしていた。すべては良心のたまものと思いたがっていた。

情の差はともかく、モンテーウィンもラングカンも戦地に暮らす住民であることに変わりはない。モンテーウィンを逃がしてラングカンを拘束することには整合性がない。引鉄《ひきがね》から指を離さない佐々塚兵長には良心のかけらも感じられなかった。

班員と顔をつき合わせる他ない待機壕にあれば抗命の事実は隠しようがなかった。

戻ってきた梅本一等兵は動揺を引きずった声で報告した。

「ラングカンという男に腰縄をつけて用便に立たせました。それから寝台に縄を繋いで乾パンと水筒を与えました」

集まる視線に北原は恥を忍んだ。佐々塚兵長が立て籠もるに至った経緯のおおよそを聞かせると班員はことごとく押し黙った。表情はどれも申し合わせたように複雑で、抗命に出る気持ちへの理解と北原に対する気遣いが同居していた。

「佐々塚の行為がどうあろうと班の行動も隊の行動も変わらん。隊は明日の日没前にツンフタン部落を撤収する予定だ」

後退先とした棕櫚林を説明し、北原は手帳を回した。カンテラを手に図をのぞき込む班員の顔は例外なく真剣だった。弾薬蓄積と兵員補充を進めている敵を想像しては恐怖を高め、今日の砲撃にさらに高め、次は覆滅《ふくめつ》されるとの覚悟を半ばうながされていたのである。

「敵の攻撃の有無にかかわらず我々も明日には現在地を放棄する。ようは午前中を乗り切ればいいのだ。したがって俺は払暁から第三警戒壕に入る。考えはまだまとまらんが、とにかく敵に呼びかけてみるつもりだ」

　支那事変でも死傷者収容の交渉や捕虜交換の交渉があったと言われる。いずれも現地軍独自の判断であり、すべてが僻地や小部隊の話である。事実のほどは定かでないとしても信憑《しんぴょう》性がなければ広がらない話だった。

　北原の時間稼ぎを先途とみてか島野上等兵が勢い込んだ。

「自分がお供します。教官殿、きっと凌げますよ。敵指揮官も強襲は避けたいはずです。インド兵にも恨まれたくはないでしょう」

　佐々塚兵長の行いはその意味で正しいのかも知れない。ラングカンはどうしたと敵は必ず問うてくる。時間稼ぎの貴重な材料である。

　一服つけたとき北原は状況をふと因果に感じた。振り返れば着隊がインパール作戦の発動直後であったことから因果じみている。

　自動貨車大隊の見習士官にふさわしい任務は結局一度きりだった。一個分隊のトラックを指揮し、チンドウィン河まで工兵と資材を運び、帰路で傷病兵を運んだ。無事往復し終えたときは達成感も大きかったし、将校への第一歩を踏み出した実感も大きかった。ところがいくらも経たぬうちに大隊は各中隊に余剰人員の整理を命じ、その集合を命じた。経験の足りぬ見習士官はにわか歩兵とでも呼ぶべき編制にあっさりと組み込まれた。

　戦況の好転がないなら空襲は激化の一途をたどる。ビルマ方面軍に対する内地からの補給も細っていく。自動貨車大隊への車両補充はもう期待できず、中部ビルマへ戻ったとしても北原に命じられるのは臂力や牛車での輸送任務になるだろう。あるいは、にわか歩兵のまま各種支援に駆けずり回ることになるだろう。

自動貨車大隊の輜重兵で、ここまで本格的な歩兵仕事をこなした者はいまい。大隊への復帰後は必然的に普及教育の場が設けられる。北原は教官となり、第一線における事象や傾向について語ることになる。

その際に無用な気後れを感じぬためには班員のひとりも死なせずにスルサーラ道を脱する必要があった。部下の死に対する覚悟はあくまで沈着を維持するためであらねばならず、もって指揮能力維持のためであらねばならなかった。

6

霧の出ない場合を考えて第三警戒壕へは早めに入ることにした。漆黒としか呼べない闇の中、北原は島野上等兵の先導を受けた。インド兵の墓標を横目にしずしずと進み、やがて島野上等兵は道を外れた。手順にはすでに慣れている。カンテラが消され、綱を頼りに菩提樹の前まで達すると、合い言葉が交わされた。

銃眼の向こうはほぼ黒一色で、闇の水面には朝霧の兆しがあった。午前中いっぱい晴れなければもう苦労はない。敵はせいぜい嫌がらせの砲撃しかできない。下番者を送り出したあと、濃霧になってくれるよう無意識のうちに祈っていた。

片膝をつく挙措音と共に島野上等兵がささやいた。

「佐々塚兵長殿は何も言いませんでしたね」

待機壕を出たとき闇の中にじっと立つ佐々塚兵長の影があった。北原の姿を見ても報告はなかった。あえて壁を作ることで決心に揺るぎのないことを示しているように感じられた。

「指揮壕で教官殿は銃を向けられましたか」

「さすがに佐々塚もそこまではせんよ」

「差し支えない範囲でやりとりを教えてもらえませんか」

佐々塚兵長が抗命に出てしまえば班の次席は島野上等兵であり、その点を本人が意識しているのは確かめるまでもなかった。詳しく知りたがるのは思うところがあるからだろうし、北原との上番を求めた真の理由がたぶんそれである。

どのみち沈黙は耐えられず、このときばかりは闇に救われる形となった。北原が語り終えるまで島野上等兵は傾聴の気配のみを漂わせていた。

「ラングカンという男が尋問されるよう敵は仕向けた。モンテーウィンを餌にもしていた。教官殿はそのようにお考えなのですね？」

手紙の不所持からしてもまず間違いのないことだった。

「では、すぐに帰されるようであればラングカンは粘っていたかも知れませんね。どうあろうと佐々塚兵長殿は抗命に出ていたのではないでしょうか」

口にするには勇気のいることを言っているのだった。モンテーウィンに関する憶測である。島野上等兵は直後に明言した。

「佐々塚兵長殿が逃亡を命じたのだと自分は思います。とても大きな声では言えませんが」

「一応根拠を聞いておこうか」

島野上等兵の語るところは北原の想像と合致していた。たとえ逃亡の欲を覚えてもモンテーウィンの性分からすれば踏み切れない。敵方に向かうよりないとなればなおさらで、つまりは誰かが私物命令を出したのである。

「投降という大胆な行為を命じる度胸があるのは佐々塚兵長殿だけです。仮に別の誰かが命じてもモンテーウィンは腰が引けるでしょうし」

モンテーウィンが逃げた時点で班員の多くが同じように考えたのではなかろうか。北原のいないところで憶測を語り合わぬわけがなく、それはすでに共通認識と考えるべきだった。兵補に志願した少年への同情は戦況悪化と連動している。

「教官殿への抗命も根拠になるかと。ラングカンの尋問が進めば私物命令が発覚しかねませんから」

北原にはさらに別の根拠があった。

昨日の砲撃である。

壕への集中弾がなかった。砲撃の目的がなんであれ、もし壕の位置のおおよそでも聞き出していたら最も重要な第三警戒壕の一帯に敵は集中弾を浴びせたはずである。すなわち尋問に対してモンテーウィンはとぼけたことになる。

投降は裏切りではない。やはり佐々塚兵長の差し金に思われてならない。

「ですがラングカンなる男を拘束したとなると浪花節《なにわぶし》の入り込む余地はありません。正直なところ自分は分からなくなりました」

ひとりの住民を逃がし、ひとりの住民を拘束する。この倫理的矛盾の解消にはモンテーウィンに対するよほどの事情が必要である。残念ながら島野上等兵にもその見当はつかないようだった。

「モンテーウィンが佐々塚兵長殿を慕っていたのは確かですが、それもほのかに感じられるという程度でした。佐々塚兵長殿のことですから何か言い含めていた可能性はありますが」

「言い含めるとは？」

「あからさまに慕うなと釘を刺すくらいのことをしていてもおかしくはありません。言葉は悪いですが佐々塚兵長殿は陰で非合法に動くお人ですから」

ずいぶんな言い方である。むろん相応の理由があってのことだった。

「去年、街道荒らしにやられた佐々塚兵長殿の同年兵から怖い話を聞いたことがあります。佐々塚兵長殿は初年兵時代に班付《はんづき》を締め上げたことがあるのだとか」

いわゆる新兵教育で嗜虐《しぎゃく》性に富む班付に当たった。内務班長の黙認を良いことに帯革でのビンタもためらわぬ手合いであったという。腹に据えかねたあげく佐々塚兵長は、駐屯地を出ての初演習時に草むらへ引きずり込んだとのことだった。

「初年兵がどうやって締め上げたというのだ」

「過ぎた制裁をやめないなら殺すと宣言したそうです」

日曜の他に自由のない今は耐えてみせる。好きなだけいちゃもんをつけて好きなだけ俺たちをいたぶれ。しかし新兵教育が終わったあかつきにはお前の一族の所在地を全部調べてひとり残らずなぶり殺しにする。女子供も容赦しない。指先から五分《ごぶ》刻みにしてやる。お前を殺すのは最後だ。たとえ即戦地へ送られても必ず生きて戻ってお前の血筋を根絶やしにしてやる。そんな内容であったという。

「佐々塚兵長殿は親兄弟のいないことを自身の強みにしているのだとか。あくまで酒の場で聞いた話ですから尾鰭《おひれ》がついているかも知れませんが」

その同年兵は佐々塚兵長に感謝しつつも恐れていたらしく、島野上等兵は話に高い信憑性を見ているようだった。

部下の身上などは土屋隊が編成されたおりに一応は把握している。佐々塚兵長が関東大震災により生じたみなしごであるのは事実だった。大抵のことは捨て身で当たれば成ると言い切ったおりの彼を思い出すと、北原としてもそれなりの信憑性を見ぬわけにいかなかった。

つくろうように島野上等兵は付け加えた。

「非合法だとしても初年兵が救われたのは確かです。実務面からしても自分にとっては手本にすべき上級者です。だからこそラングカンなる男の拘束が腑に落ちません。指揮官におよぶ責任を佐々塚兵長殿が考えないわけがありません」

責任とは、単純に隊内のそれを指しているのだろう。敵にかけられた恫喝《どうかつ》を知らないのだから当然だった。

アラカン山系の友軍を見て島野上等兵も敗戦を意識させられているはずである。詳しく教えておくべきだと判断して北原は手紙の内容を語った。

何度思い返しても忌まわしい。北原の口調がよほど深刻だったのか島野上等兵はほとんど呼吸も止めたように感じられた。

「捕虜処刑も民間人虐待も誤解ではあるまい。いくらでも濡れ衣を着せられると敵は言っているのだ」

払暁はじわじわと迫っていた。空の拓けているぶん川の色付きは早い。水量の増した流れは今日も禍々《まがまが》しい赤茶色である。「佐々塚が逃がしたのではないかと考えたのは俺も同じだ」と告げた上で北原は行き過ぎた想像までを語った。

「モンテーウィンに何かしらの伝言が与えられた可能性も考えた。相手は日本語などできまい。佐々塚は英語などできない。敵との意思疎通に使えるのはビルマ語だけだ」

島野上等兵は驚かなかった。手紙からうかがえる敵指揮官の横顔を踏まえてか、より慎重な口調になった。

「考えられないことではありません。インド兵にとどめを差したのは佐々塚兵長殿ご自身ですし、濡れ衣を晴らしたいと考えるのは当然のことです」

もしそうであればラングカンの拘束も少しはうなずけるとの言葉が続いた。ラングカンを二羽目の伝書鳩とする想像である。

「教官殿が承知するはずはないとみて抗命に出たとも考えられます」

「ただな、何を言おうと耳を貸すような敵でないことは佐々塚にも想像がつくはずなのだ」

「可能性があるなら実行するのではないでしょうか。少なくとも濡れ衣への抵抗手段など他には」

言葉が切れると同時に北原は頬に強い視線を感じた。

空が明るみ始め、霧の流速が見て取れるようになると、壕内の闇も気休め程度に薄まった。敵もそろそろ日中の態勢に移る。渡河するつもりでいるなら展開に入る。その具体的な動きが始まる前に北原は岸へ出ねばならなかった。

「敵に呼びかけることにしたのはそのためなのですね。教官殿は敵の指揮官を引きずり出したいのですね。最終的勝利を背に濡れ衣を着せる汚いイギリス人を」

汚い。

佐々塚兵長も同じ表現を使っていた。思いは誰もが同じである。北原とて例外ではない。イギリス人を引きずり出せたとしてもどう語れば良いのか分からない。ただ、言うべきは言うべきだとの思いばかりが強かった。それはむしろ谷の斜面に張り付いているインド兵たちに聞かせるべきことだろう。瀕死のインド兵に与えられたとどめが合意によることを彼らは知っている。

英人指揮官に対する不信感を煽れれば言うことはない。インド兵たちに不信感のひとつも感じ取ったなら、英人指揮官は今日の渡河を見送るかも知れない。

ただでさえ一定の警戒心は日頃から持っているだろう。インド人たちはそもそもが被支配者であり、イギリス支配への抵抗の火種はインド全土に今なお燻《くすぶ》っている。

カンテラなしで歩ける時刻になると交代の班員が現れた。班では中核にあたる三年兵の上等兵、そして古兵だった。

第二警戒壕と第四警戒壕に入った班員たちも今朝ばかりは表情が硬かった。最も恐ろしいのは砲弾の直撃である。作業可能で狙撃の心配がない払暁は貴重な時間であり、警戒を交代しつつお掩蓋の強化が進められていた。

風の出る兆しはなく、ゆるい谷に立ちこめる霧は比較的濃かった。岸のどこにも新たな足跡がないことと仕掛け爆弾に異状のないことを確認するあいだ、北原は呼びかけのための材料をひねり出してはメモを録った。

島野上等兵を帰すおりにはひとつ注意を与えた。

「余計なことはするなよ。努力して仮眠を取れ」

「佐々塚兵長殿から何かしらの要求があった場合はいかがしますか」

「待機壕にあるうちは佐々塚に従え」

第三警戒壕に戻ったあと「対岸が少しでも見えたら起こしてくれ」と告げて仮眠に入った。それから十分とせぬうちに「見えました」と上等兵に声をかけられた。警戒を続けているよう返し、北原は古兵を連れて壕を出た。

岸を目前にしたスルサーラ道でひとまず手頃な巨木に拠った。霧の立ちこめる森は肌寒く、聞こえるものと言えば鳥のさえずりと川音だけだった。

「気をつけてください。モンテーウィンの目があるかも知れません」

特に古兵殿と呼ばれるのは進級が遅れているからである。いささか鈍いというのが大隊人事の評価で、人格に問題があるわけではない。岸へ連れ出されたことを邪推するつもりもないらしく、目が合うと古兵は言わずもがなの説明をした。

「つまりその、モンテーウィンが敵に取り込まれている恐れもあるので」

「そうだな。気をつけることにしよう」

対岸に敵影はなかった。密林の際《きわ》に視線を流しながら北原は手帳を取り出した。

アルファベットの羅列を古兵は無遠慮にのぞき込んだ。

「なんですかそれ」

「いろいろ考えてみた。とにかく時間を稼がねばならん」

メモを録ったのは英単語の再確認のためでもあった。文法はまだしも発音にはまるで自信がない。敵の耳にはひどい片言だろう。だからこそ肝心なところで引っかかるような無様だけは避けねばならなかった。

「お前はここで援護しろ。決して動くな。鹵獲小銃を置いていくから再装塡《そうてん》のいとまがないときは使え。ただし敵の発砲がない限りは射つな。いいな」

射撃姿勢を取る古兵を横目に岸へと歩み出た。

いつぞやとは異なり、重苦しい曇を見上げたとたん心細さが込み上げた。知らず知らずのうちに森にありがたみを感じていたのだろう。「話がある」と腹の底から声を張り上げて北原は自分に活を入れた。

増水にともなって川音は増していたが声の届かぬはずはなかった。

警戒に充てられているインド兵は自己判断を禁じられている可能性があった。返答までは一分ほどかかった。

「何用か」

素っ気なさは聞き取りの面でありがたかった。「ラングカンの件である」と応じたあと再び一分ほど待つことになった。

「なぜラングカンを返さない」

隊内連絡用の有線や無線を敵は所持していない。大がかりな展開のあり得ない隊ならば当然のことだとしても、そうした事実を確信し得たのはひとつの成果だった。

「ラングカンはマラリアを起こした」

自力歩行も不能なほどの高熱を発している。我が軍の兵が看病に当たっている。それらを伝えるだけでさらに三分ほどを稼いだ。

その間に英人指揮官が降りて来たらしく、次に届いた英語は極めて流暢だった。

「誰がそんな話を信じるか。軍使に立つ勇気をふるってくれた現地住民を貴軍は人質に取ったのだ。それが文明国の軍隊のやることとか」

思いがけぬ損害と足止めに叱責電でも受けたのだろうか。泰然としている英人将校を思い描いていただけに明らかな怒声には少しばかり驚かされた。

返事をする間もなく怒声は続いた。

「ラングカンは戦闘回避のために貴軍へおもむいたのだ。その心には一切のよこしまがない。戦いの結果は見えていると理解してくれているのだ」

「聞き取れない箇所がある。わたしは英語が不得手である。もう一度ゆっくりと語られよ」

英人指揮官の姿はまるでうかがえず、対岸の森は陰鬱な色に塗り込められていた。

「丸腰で出てきた君の勇気には敬服する。指揮官に伝えよ。ただちにラングカンを解放せよと」

その勘違いを利用しない手はなく隊の規模を偽るにも好都合だった。承知したとだけ返して北原はいったん岸を離れた。さしあたって十分ほど稼げると思うと無性に一服つけたくなった。

言いつけどおり古兵は巨木に拠ったままでいた。

「先ほど島野が来ました。後方に待機しています」

「お前はここで引き続き警戒だ。姿はあくまでさらすな」

島野上等兵は仮眠も取らずにいただろう。最初にラングカンを連れ込んだ森の近くで待っていた。

「壕のない場所をうろうろするな。十秒後に砲弾が降ってきてもおかしくないのだ」

「佐々塚兵長殿の要求なのです。様子を見てこいと」

タバコを取り出した北原に島野上等兵はマッチを擦った。

「さっきの流暢な英語は間違いなくイギリス人のものですね。敵はなんと？　ラングカンの名がやりとりされたようですが」

かいつまんで聞かせると感心とも呆れともつかぬ表情が返ってきた。

「いかにもイギリスの将校らしい物言いですね」

苛立ち、あるいは憤っても、英人指揮官は対面を崩すつもりがない。インド兵の耳目《じもく》を意識しているからでしかない。

「ラングカンを連れてこい」

「返すのですか」

「返す用意だけはしておく」

森にはまだ霧がまとわりつき、雨後を思わせるほどに湿度が高かった。

寄ってくる蚊が増え始めたころ島野上等兵は駆け戻ってきた。

「駄目です。佐々塚兵長殿は耳を貸してもくれません」

ラングカンのために攻撃をためらうような敵でないことは佐々塚兵長も承知しているだろう。いつ砲弾が降り始めても不思議はないともみなしているだろう。指揮壕への直撃があり得る状況で現地住民を拘束し続けるのはほとんど狂気だった。

「お前は待機壕まで退がれ。全員に荷物をまとめさせておけ。英人指揮官の怒りのほどからしても時間はさほど稼げまい」

「荷物はもうまとめています。急造担架と患者用背負子も製作しています」

血を流さぬ撤退を全員が望んでいる。一名の負傷が班の命取りになりかねない戦である。なんとかふんばってくれとの表情を島野上等兵は寄越した。

「民間人を盾にして恥じぬか。まったく情けない軍隊だな」

英人指揮官の声は怒りの度合いを強めていた。対岸を見つめながら北原は冷静に努めた。

「この濁流を渡すのは困難である。担送兵が足を滑らせればラングカンはとても助からない」

敵味方の別なく集中する視線が意識されてならなかった。英人指揮官はことさら人道をにおわせ「ラングカンを返さぬなら撤退せよ。病院へ運べ」と厳格な声で言った。答えあぐねる北原にはいっそう怒気を強めた。

「何を黙っている。ラングカンを病院へ運べと言っているのだ。自力歩行も不能なら落命しかねない。直ちに運ぶのだ」

「貴官はご存じだろう。この道における担送には少なからずの兵力が割かれることを」

「担架ひとつがそんなに問題か。それとも日本人でなければ運ぶに値しないのか」

モンテーウィンが何をしゃべろうと関係ない。日本側の兵力に英人指揮官はとうに見当をつけている。逆襲も夜襲もないからには最小限の兵力でしかないと確信している。

この時間を利用してインド兵の士気を高めるつもりでいることも否応なく察せられた。それこそが降りてきた目的であり、北原はダシにされているに等しかった。

「兵力の乏しさゆえに時間を稼ぎたいのだな。傷病兵収容もまだ終わっていないということだな」

「時間稼ぎとみているなら討って出よ。なにをもたもたしているか」

ひとつ有利なことがあった。班員の耳を気にする必要がなく、英人指揮官が何を言おうと動じずに済むことである。インド兵へ向けて北原はさらに声を張り上げた。

「貴官の苦しさは分かる。渡河に自信がないのだろう。先日の損害を引きずり、広い川岸と増水に怯《ひる》んでいるのだろう。ゆえにラングカンを軍使に立てたのだ。現地住民など失ったところで惜しくはないと考えてもいるのだ。貴官こそラングカンを盾にしたのだ」

遮るように英人指揮官は言った。

「貴官の英語はなっていない。非常に分かりにくい。まともに英語を使える者すら貴隊にはいないのか」

「では日本語にするか。それともビルマ語がいいか。英人の教養をひとつ拝見しようではないか」

言い過ぎは承知の上だった。一瞬訪れた静寂を逃さずに北原は重ねた。

「貴官は、アジアの民を苦しめ富を収奪してきた英人のひとりだろう。英人が世界の中心と考えているひとりだろう。現地語を覚える必要など感じたこともあるまい。そんな人間がラングカンの身を案じたところで白々しいだけだ」

暗い森の中に人影が動いた。顔は判然としないものの英人であることは肌の色から知れた。第三警戒壕と古兵に「射つな」と命じて北原は影に目を凝らした。

身を隠したままでいることに体裁の悪さを覚えたのは疑いようがない。それでなくともインド兵の前で黙り込むわけにはいかなかったろう。おそらく英人指揮官は斜面を下りつつ反論を組み立てていた。

　さすがに岸辺までは出なかった。それでも大木のわきに立ち止まった姿は堂々として見えた。遮る物がなくなれば声の通りは極めて良かった。

「こうした状況が自分に訪れようとは思いもしなかった。話には聞いたことがあるのだ。敵味方が近接したときまま起きるとな」

　日本では口合戦と呼ばれている旨を返すとかすかに笑ったのが見て取れた。

「口合戦か。いいだろう。だがいかに時間を稼いだところで意味はないぞ」

　英人指揮官はこれ見よがしに腕時計へ目を落とした。階級章までは読みとれなかった。難道に回されたのだからしょせんは下級将校である。

「貴官の強がりなど今のうちだけだ。いつまでも付き合うつもりはない。ただな、ラングカンを盾にしたとの侮辱ばかりは看過できないのだ」

「侮辱と受け止めたか。すると貴官は意図的に我々を侮辱したのだな。それが文明国の将校のやることか」

　期待しつつも恐れていた名を英人指揮官は直後に出した。

「侮辱されるいわれはないと言うならモンテーウィン少年のことはどう弁明する。そんな少年など知らぬととぼけるか。貴軍で酷使されていたビルマ人だぞ」

　分かっていたことであっても投降を否定できる要素が一切なくなればやはり別だった。モンテーウィンの名を聞き取っただろう班員がどんな気持ちでいるかと想像すると北原はいったん心を

郵 便 は が き

料金受取人払郵便

牛込局承認

7395

差出有効期間
2023年6月
1日まで

162−8790

新宿区東五軒町3−28

㈱双葉社

文芸出版部 行

ご住所	〒	
お名前	（フリガナ）	☎
		男・女　歳 / 既婚・未婚
職業	【学生・会社員・公務員・団体職員・自営業・自由業・主婦(夫)・無職・その他】	

ご購読ありがとうございます。下記の項目についてお答えください。
ご記入いただきましたアンケートの内容は、よりよい本づくりの参考とさせていただきます。その他の目的では使用いたしません。また第三者には開示いたしませんので、ご協力をお願いいたします。

書名（　　　　　　　　　　　　　　　　　　　　）

●本書をお読みになってのご意見・ご感想をお書き下さい。

※お書き頂いたご意見・ご感想を本書の帯、広告等（文庫化の時を含む）に掲載してもよろしいですか？
1. はい　2. いいえ　3. 事前に連絡してほしい　4. 名前を掲載しなければよい

●ご購入の動機は？
1. 著者の作品が好きなので　2. タイトルにひかれて　3. 装丁にひかれて
4. 帯にひかれて　5. 書評・紹介記事を読んで　6. 作品のテーマに興味があったので
7. 「小説推理」の連載を読んでいたので　8. 新聞・雑誌広告（　　　　　　　）

●本書の定価についてどう思いますか？
1. 高い　2. 安い　3. 妥当

●好きな作家を挙げてください。
（　　　　　　　　　　　　　　　　　　　　）

●最近読んで特に面白かった本のタイトルをお書き下さい。
（　　　　　　　　　　　　　　　　　　　　）

●定期購読新聞および定期購読雑誌をお教えください。
（　　　　　　　　　　　　　　　　　　　　）

立て直さねばならなかった。

モンテーウィンの投降は日本軍の敗勢を強調する。侮辱うんぬんは口実でしかない。英人指揮官はあくまでインド兵の士気高揚を第一義としていた。

「貴軍はビルマ人に充分な食事を与えないそうだな。酷使どころか虐待だ。兵隊が食うや食わずではやむを得ないと考えているのか」

確かに英人指揮官は泰然としていた。弁を急ぐつもりもなく、時間稼ぎに意味はないとの言葉も事実に違いなかった。再び腕時計に目を落としたあとモンテーウィンが述べたという言葉を並べ始めた。

中部ビルマで百姓をしていたところアラカン山系に連れて来られた。逃亡防止策としてロンジーとシャツを没収され、代わりに日本軍の衣袴を押しつけられた。そうして毎日重い荷物を担がされた。逃げねばいずれは死んでいた。

「実に哀れなことだ。モンテーウィン少年の存在がある限り貴軍は侮辱されて当然なのだ」

声は演説を思わせる響きで谷にこだました。敵が慎重を期している理由のひとつがそれであることに北原は今さらながら思い至った。銃声の発生源が摑みにくいのである。

「英人の指揮官よ。わたしは貴官を誇り高き将校と見ている。状況や感情を思えば言葉選びに難が生じるのは当然だろうし、戦には偽りも必要だろう。だがビルマ人のことは分けて考えるべきである。モンテーウィンに関して嘘を述べるのはやめよ」

それこそ最大の侮辱だと言いたげな大声が返ってきた。

「わたしが偽りを並べているというのか」

「供述を都合よくねじ曲げている」

北原の声がインド兵に向けられていることに英人指揮官が気づかぬわけがなかった。顎がわずかに上げられると北原の背後に視線が流された。北原の部下には英語の分かる者がいないと判断したのは明らかだった。

「我が隊のインド兵は貴官の偽りを見抜けるぞ。モンテーウィン少年の弁は周知してある。貴軍が外道であることを誰ひとりとして疑っていない」

「我々が外道であれば被弾に苦しむインド兵など放置しているはずではないか。苦しみながら死ぬ様子を眺めて喜ぶはずではないか」

「笑わせるな。捕虜として保護されるべき戦闘不能者を貴隊は処刑したのだ。ほどこすべき手当をせず後送もしなかったのだ」

思えばあの日もインド兵はこのくらいの距離で北原たちを見ていた。苦しむ仲間を見ていた。斜面のどこかに視界を得ていただろう英人指揮官も双眼鏡越しに見ていたはずである。

「英人の指揮官よ、事実を塗り替えようとする貴官にインド兵は軽蔑を覚えているぞ。おもねりはしても心の底では軽蔑しているぞ」

「人道じみたものを強調しても虚しいだけだ。モンテーウィン少年の投降事実がある以上、君の弁はすべてたわごとになるのだ」

「むろん我が軍の苦しさを認めぬつもりはない」

「戦況ゆえではない。貴隊は外道ゆえに見限られたのだ」

「ではモンテーウィンをそこへ連れ出してみよ」

「断る」

口合戦が有利に傾くほど英人指揮官の声はのびのびとし、こだまは大きくなった。

「我々にとってモンテーウィン少年は保護すべき対象である。逃げられたことに立腹している貴隊の兵が射たぬ保証はない」

「現に貴官を射たずにいるわたしの部下が信用できないのか」

「わたしの部下を信用していない君にそんなことを言う資格はない」

弱いところを突いているつもりであるらしく「指揮官に来るように言え」との要求がなされた。その気配がいかにも勝ち誇っているように感じられて北原は自分の失言に気がついた。

英人指揮官は感情的なようで理知的だった。そして一枚上手《うわて》だった。

「どうした。指揮官を早く呼べ」

「拒否する」

「わたしはこうして出てきたぞ」

「貴官の勝手である」

充分に満足できる返答だったろう。帯革に両手をかける英人指揮官には表情の緩みが見て取れた。

「ここに至って指揮官が出てこない理由はひとつだけだ。腰抜けだからだ」

五の川における指揮官が北原であることを確信しての愚弄だった。北原が使った「わたしの部下」との言葉を英人指揮官は聞き逃さなかったのである。続けられた声にはいたぶりの響きがあった。

「さあ早く呼んでこい」

歩兵軍曹に紅顔を揶揄《やゆ》されたことを思い出すと白状には勇気が要った。

「ここの指揮はわたしが執っている」

「くだらない冗談はよせ。遠目にも君はひどく若い。貫禄が一切ない。射殺されても惜しくない人間として選ばれたのだろう」

場が異なっていれば嘲笑していたのではなかろうか。それをこらえたのは将校のたしなみだろうか。とぼけていながら淡々とした口調だった。

英人指揮官は背後に一声かけた。腰をかがめた部下から双眼鏡を受け取ると動物園の猿でも眺めるように構えてみせた。

「戦塵《せんじん》に汚れても紅顔は隠しようがない。君はまるで新兵だ。曹長の階級章がまったく釣り合わない。なるほど、そのくすんだ徽章はスチューデントのものか」

身分をいかに軽んじられようと嘆くつもりはなかった。内地を出て以来の日常とすら言えることであり、すべては見習士官に必要な試練だと北原自身は信じていた。それでもスチューデントとの表現には頭が熱くなるのを感じた。

間違いなく過去最大の侮辱である。

怖るるに足りぬと強調するためだとしても、英印軍に定着している俗称だとしても、衆人環視の中で使うべき表現ではない。英人指揮官はきっと嗜虐性に富む人間である。

救いがあるとすれば、覚えた怒りの大きさが態度として表せる限界を超えていたことくらいだった。すっかり饒舌になった英人指揮官を北原は自分でも驚くほど冷静に見つめた。

「日本軍はスチューデントを指揮官に据えねばならぬほど人材が不足しているのか。指揮官が控えているように装ったのは隊の規模を偽るためか。どこまでも情けない軍隊だな」

「スルサーラ道の英印軍相手にはスチューデントで充分と判断されたのだ。貴官はわたしの学習に手頃なのだ」

双眼鏡を部下に返しつつ英人指揮官はそのときはっきりと笑った。光量にとぼしい景色の中、剝き出された白い歯が異様に見えた。

「口の減らぬ若造だな。言っておくが指揮官である以上は将軍もスチューデントも変わらぬぞ。貴官はここの責任者だ」

「知れたことである」

「ならば貴官の首だけは何があろうといただく」

言葉を返す間もなく英人指揮官はやにわに名乗った。

「わたしの名はジョゼフ・カールトンだ。貴官の名は」

一枚どころではない。二枚も三枚も上手である。この戦争における勝利を疑っていない英人にしてみれば口合戦の決着など始まった時点でついているのだった。

「名乗れないか。やましさの自覚があるということだな」

「北原信助である」

部下の耳があるからには偽りはすまい。その確信ゆえか「正直で結構」という声はいかにも満足げだった。

「スチューデントのキタハラシンスケ、インド兵処刑に関する全責任は貴官にある」

また腕時計が確かめられ、おもむろに空が仰がれた。低い雲の垂れ込める空は空襲日和だった。渡河には航空支援が取り付けられていると確信するに充分だった。

引き揚げ間際、英人指揮官は宣言した。

「わたしは貴官を必ず縛り首にする。たとえここで生き延びようと、たとえこの戦争を生き延びようと、貴官に戦後の暮らしは訪れない」

7

敵機の爆音が届くと同時に待機壕へ入った。どうせ動きようがないなら休息時間とみなすべきだろう。いくらでもタバコを吸えるのだからありがたいと思うことにした。

横穴からは寝台が消えていた。担架等の材料とされたのである。おかげで息苦しさが緩和され、北原は足を伸ばしながらタバコをくわえた。「なぜ名乗ったのですか」と島野上等兵がにじり寄ってきたとき、ごくわずかながら鬱陶しく感じた。

「一本でいいからゆっくり吸わせろ」

煙はたちまち充満した。轟き始めた爆弾の炸裂音に首をすくめつつ、とにかく一本を無言で吸いきった。

口合戦に困憊していると見てか島野上等兵は水筒を押しつけてきた。

「予備の竹筒も用意してありますから飲み干してもらって構いません」

「名乗ったことにさしたる理由はないし、お前が気にかけても意味はない」

士気への影響を考えれば詳しく語るべきではなかった。部下たちが聞き取れたのはしょせん人名程度である。

二度三度と炸裂音が轟き、四度目の炸裂は振動をともなった。そのことごとくがツンフタン部落方向からだった。爆撃精度など知れているがゆえに五の川付近への投弾は避けられているのである。爆音からすれば今日のハリケーンは六機だった。

「名乗ったのはうまくありません」

「面倒な話は次にしろ」

「次はないかも知れませんので」

始まった機銃掃射の音にまぎれて島野上等兵はささやいた。

「以前トラックに乗せた通信兵がニューデリー放送を語っていました。戦争が終わったら日本にツケを払わせるとかそんな内容です。敵の指揮官が指揮官ですから本当に濡れ衣で吊し上げられかねません。それでなくとも予想外の損害と足止めに憤っているでしょうから」

「名前を隠したところで調べれば分かる。名乗らなければインド兵の士気を上げるだけだ。俺はかえってせいせいしたよ。退路がないと思えば心も安まる。おかげでタバコがうまい。葉隠《はがくれ》のいう武士道は正しい」

思いのほか早く空襲は終わった。二本目のタバコを吸いきる頃にはハリケーンの爆音は高度を上げ、同時に回転数を安定させ始めた。

間合いを計って壕を出ると機影はどれも尻を向けていた。迫撃砲射撃が始まるまでいくらもあるまい。北原は兵のひとりを第三警戒壕まで走らせた。

全力疾走を命じたのは正しかった。駆け戻ってきた兵が「現在のところ渡河の兆候はありません」と報告するや否や砲弾の飛翔音が空に走った。

明らかな攻撃準備射撃である。最初の弾着は近かったが、その後に続いたつるべ打ちはいかにも広範囲に渡っていた。複数の砲が使われた、少しも途切れることのない射撃だった。

スルサーラ道ですらこの有様である。敵が機械力を発揮できる道ではどれほどの砲弾が降っているだろうか。道のことごとくはぬかるんでいるとしても英印軍ならば必要な処置をほどこしつつ兵站線を伸ばす。緊急時には空中補給も行う。対して、傷病兵と空腹を抱える友軍の歩度は伸びない。時間稼ぎの兵力も陣地を丸ごと覆滅する砲弾に叩かれれば終わりである。

土屋隊が戻るべきグクイム道もそうした状況にあるのは想像するまでもなく、スルサーラ道の傷病兵収容を急がねばならない理由のひとつがそれだった。グクイム道での合流に遅れたなら歩兵も土屋隊も取り残される。北原はいつしか、班から死傷者が出ぬよう天に向けて念じていた。

想像もしていなかった砲撃の一面をやがて学ぶことになった。たとえ負傷を免れても人間の心身機能は低下するのである。

至近弾の激震に身を強ばらせているあいだはまだ良かった。脳が揺さぶられるたびに思考がぼやけていき、朦朧《もうろう》とし始めると時間の感覚が怪しくなった。自覚のないまま芋虫同然に身を丸め、壕の崩落や班員の身を案ずる心もじきに失われた。島野上等兵の大声が届くまでほとんど意識を失っていたのだから恥ずべきことだった。

「教官殿、無事ですか」

梯子を登る班員が視界の隅に見えた。掩蓋の外された壕は曇天にかかわらず眩しく、顔を伏せたくなるほどに目が痛んだ。

自分の立場を思い出しても平常心には遠かった。感覚の鈍い体を叱咤して待機壕を出たとき、込み上げた衝動に押されて北原はひとつ絶叫を発した。

それは自分の耳にも獣の咆吼《ほうこう》のごとく聞こえた。

何を考えてのことか定かでない。強いて言うなら心の暴走である。正気を疑うような目を向けてくる班員たちを見渡し、そこに佐々塚兵長が含まれているのを確かめると同時に、口の動くまま命じていた。

「走れる者は来い。佐々塚、お前はここで負傷者の処置と後送の差配だ」

森に煙がわだかまり、視界は極めて悪かった。敵はやはり追撃への移行を考えており、スルサーラ道には流れ弾のものとおぼしき弾痕がひとつ燻っているだけだった。

その迂回すらもどかしかった。敵が渡河にかかっていることは考えるまでもなく、間を置かずに上がり始めた軽機関銃の銃声には焦燥感を煽られた。

ついて来る班員は五名だった。おもりのつもりか島野上等兵はいかにも離れまいとしていた。北原は他の四名を第二警戒壕と第四警戒壕の撤収に充てた。

「俺への報告はいらん。負傷の有無にかかわらず上番者を連れて佐々塚の位置まで退がれ」

第三警戒壕の森に達するところで銃火のひらめきが見えた。姿勢を低めながら島野上等兵が一点を指した。

「あそこです。対岸の際に軽機が据えられています」

その援護下にインド兵が渡河に入っていた。かろうじて見える赤土の岸にいくつもの影が動いていた。

「島野、ここから軽機を牽制しろ。無理はするな」

第三警戒壕の森にも弾痕はあったが菩提樹を回り込む交通壕は無事だった。

すっかり開き直り、上番中の二名はひどく落ち着いた顔をしていた。

「敵は衆を頼みつつも慎重です。射撃位置をいくら変えても即座に反応します」

英人指揮官のものか、対岸からは鋭い笛の音がさかんに上がっていた。

尖兵だろうインド兵の十名ほどがすでに川の中流にあった。被弾者を出しつつも彼らには混乱がなかった。負傷兵処置の班が編成されており、のべつに射ちながらひたすら距離を詰めてくる。

報告にたがわず応射も極めて早い。先頭のインド兵へ向けて射撃したとたん銃眼にいくつか弾が弾けた。

後退を急ぐしかなかった。第三警戒壕の二名が無事であったのはこの上ない幸運である。頭上の飛弾音が途切れるのを待って北原は「道まで退がれ」と怒鳴った。

「少し待ってください。仕掛け爆弾を」

「欲を出すな。来い」

敵が広範囲に砲撃したのは仕掛け爆弾排除のためでもあるだろう。渡河後は道を外れての行動に出てもおかしくはなかった。

島野上等兵も制圧射撃を受けており、大木から腕のみを出して射撃していた。

「第二、第四警戒壕は撤収しました。一名が足を折っています。先に退がってください。少し時間を稼ぎます」

「三十秒で切り上げよ。尖兵はもう渡った」

腰を屈めたままスルサーラ道を駆け、インド兵の墓まで退がった。敵の銃声がわずかばかり小さくなり、代わりに自分の呼吸音が大きくなった。

第三警戒壕から連れ出した二名に「佐々塚の位置まで退がって指示を受けよ」と命じた直後、入れ替わるように梅本一等兵が現れた。伝令である。

「負傷は計三名です」

一名は右足の骨折、一名は右肩への被弾、一名は頭部への被弾とのことだった。

「頭部被弾の程度は」

「意識はありますが、銃弾もしくは鉄帽の破片が側頭に食い込んでいて激痛を訴えています。佐々塚兵長殿が手当しています」

息つく間もなく島野上等兵が退がってきた。その報告はおおむね予想通りだった。

「敵は渡河点を固めています。警戒兵を広く放っているようです」

準備を充分に整えた敵である。追撃用の兵力もきっと用意している。渡河点への逆襲はないと判断すればただちに動き始める。

北原は梅本一等兵に命じた。

「俺を待たず負傷者後送に入れと佐々塚に伝えよ。棕櫚林だ」

肩に被弾した兵は独歩が可能である。頭部に被弾した兵と足を折った兵はそれぞれ背負子で運べる。案じられるのはあくまでその歩度だった。

「島野、来い。指揮壕まで退がる」

「壕の利用はかえって危険でしょう」

「壕に尖兵の注意が向いたところに一撃をかける」

それをもってここでの抵抗は最後にすると決めた。川で何名のインド兵に命中弾を与え得たのか分からない。欲を出すべきではないとしても、すぐに始まるだろう追撃を思えば深追いへの危惧は植え付けておきたかった。

指揮壕の位置には梅本一等兵だけが残っていた。

「佐々塚兵長殿以下、全員が棕櫚林へ向かいました。自分は教官殿の指揮下に入るよう指示を受けました」

無傷の兵も連れていったのは棕櫚林での散兵を急ぐためである。残っているのは視界にある二名だけだと意識すると北原の心はいくらか軽くなった。指揮壕をうかがえる木に拠りながらごく簡単に命じた。

「後退の指示は出さん。俺が射ったらとにかく射ちまくってすぐに退がれ。いいな」

燻る弾痕が一帯の景色をかすませていた。島野上等兵と梅本一等兵が適当な木に拠ると静寂が訪れ、ふとラングカンの存在を思い出した。

急いで確かめた指揮壕は無人で、切られた縄だけが残されていた。敵が渡河にかかった以上はもう用なしである。壕に手榴弾が放り込まれる可能性を考えて解放したのだと思われた。

雨を降らせそうな雲に覆われて森はじきに闇を深めた。伏撃や仕掛け爆弾への警戒のためか敵は予想以上に慎重だった。空がいっそう翳ったとき草を踏む音がようやく届いた。

ほどなく樹陰のひとつから三つの影が現れた。やはりインド兵だった。指揮壕の掩蓋に気づいた先頭の兵が足を止めるのを待って北原は引鉄を絞った。

薄闇にあって銃火はひどくまぶしかった。次弾装塡の間に島野上等兵たちの銃声が続き、合計十発ほどを乱射したあと木々を頼りながら退がった。

敵の応射が途絶えると残ったのはインド兵のうめき声だけだった。手当に入ったのか、追ってくる気配はなかった。森は確かに迷路である。声の届く距離で姿が見えぬのは不気味でならなかった。

これで敵はより慎重になると思いたかった。銃を構えたまま退がる島野上等兵と梅本一等兵を確かめて北原は弾を込め直した。

意識はおのずと班の掌握に向いた。

棕櫚林で佐々塚兵長らと合流したなら担送要員を改めて選定せねばならない。体力の消耗度で考えるなら島野上等兵と梅本一等兵を充てるべきだろう。他の班員には時間の許す限り壕を掘らせ、棕櫚林の視界を活かした十字火を組ませるのが良い。環境からすれば小銃のみでも効果は上がるし、引き込んだ上での尖兵殲滅《せんめつ》も不可能ではなかった。

担送要員とは別にツンフタン部落へ伝令も出さねばならない。あるいは佐々塚兵長ならばすでに出しているだろうか。

一度停止し、追ってくる敵のないことを改めて確認し、北原は指示した。

「このまま一息に棕櫚林まで後退する。島野、後尾につけ」

直後、想定せぬ形で敵と遭遇することになった。スルサーラ道で身を翻すと同時に南の森に複数の影が動いた。

そのインド兵たちも三名だった。班の掌握に意識が向いていたぶん北原の反応は遅れた。それでもラングカンのことが頭をかすめなければ射っていただろう。銃を向けたおりの一瞬の迷いに双方が救われることになった。

「待て」

インド兵と目が合うと同時に北原は部下を制した。棒立ちになっているインド兵は銃身を支える手に方位磁針を握っており、ひどく間が抜けて見えた。

敵は無駄に慎重でいるわけではなかった。危険を覚悟で退路遮断に動いていたのである。退がれと意を込めて北原は顎を振った。喉仏を上下させただけでインド兵は答えなかった。足に根が生えているのだった。

「ではこちらから動くぞ。部下に発砲を禁じよ」

発音が悪いのか聴取力が低いのか、上擦《うわず》った声でインド兵は何ごとかを問い返してきた。最終的には状況で理解し、祈るような目で後ずさりを始めた。

ひりついた喉にむず痒さが走り北原は一度息を呑んだ。

インド兵の顎からはしきりと汗が滴《したた》っていた。じっくりと観察してみれば三名とも疲労の度合いが尋常ではなかった。早い段階で上流から迂回して来たのだろう。薄闇の迷路に精神的な限界も近かったらしく表情はどこかうつろだった。


棕櫚林に着いたときには雨が降り始めていた。

無礼を示す必要を覚えたに違いなく、他者の視界を外れるや否や佐々塚兵長は険しい表情になった。

「あなたはいったいどういうつもりなのです。指揮官の務めを忘れたのですか」

戦闘を経て北原の肝も太くなっていた。抗命を宣言した部下が指揮官の務めなどと口走る姿は滑稽でならなかった。「俺にも下士官勤務者としての務めがあります。必要な意見は述べさせてもらいます」と重ねられるに至って噴きだしそうになった。

「なんのことか知らんが用件があるならさっさと言え。距離が取られようと敵の迫っていること に変わりはないのだ」

「敵が迫っているからこそ言わねばならないのです。いいですか、指揮官の務めとは命令するこ とと責任を取ることです」

「言われるまでもないことだ」

では過ちの自覚があるはずだと佐々塚兵長は声をなかば荒らげた。

「敵が渡河にかかったとたん前へ出るなど言語道断です。教官殿は指揮壕もしくは待機壕に位置 し続け、伝令の往復をもって掌握と下令を続けるべきだったのです。兵の収容や最後の抵抗は俺 にやらせるべきだったのです。なんのために一撃で退く手はずを周知させたのです」

絶叫を上げてすっ飛んで行った北原は自棄《やけ》を起こしたようにしか見えなかったろう。それでな くとも佐々塚兵長の弁は正しかった。

「肝に銘じておいてください。追撃のほどはともかく尖兵なり斥候なりは今日にも現れます」

「抗命はなかったことにしているのか」

「まだ抗命中と考えてください。俺は教官殿の指揮能力を疑っているのですから」

敵の砲撃を境に抗命を終えるつもりだった。川が突破されるからには当然である。ところが北 原は勝手に突っ走った。あんな姿を見せられてはなおさら従う気になれないとのことだった。

「他の連中の前に戻ったら棕櫚林での伏撃を俺に命じてください。教官殿は負傷者後送の指揮を執って一足先にツンフタン部落へ向かうのです」

「お前、隊長殿への伝令を出していないのか」

「ここへ退がる途中、当番兵が現れました。おおよそを伝えて返しましたが、この状況ですから教官殿が直接報告する必要はあるでしょう」

班と状況を把握したからには感情をわきに置かねばならなかった。独歩不能者が二名出た事実は重い。強引なやり方であろうと佐々塚兵長の求める今後の措置に関して異論はなかった。

本降りとなった雨の中、北原は布陣を手早く確認した。

棕櫚林に残す班員は六名である。

歩哨は西へ二十メートルほどの地点に位置し、騎銃にまで蔓を絡めていた。敵は視力に優れた兵を押し出すと見越しての偽装だった。

棕櫚林をわずかに俯瞰できる南斜面では草の根に難儀しつつ壕が掘られていた。小円匙を振るう班員たちは泥まみれだった。

「遅滞戦はチンドウィン河まで続く恐れもある。体力の温存はおのおの心がけよ。ここでは膝射ちさえできればいいと割り切れ」

追撃兵力が重い火器を持参するとは思えない。ここで足止めを食ったなら斥候を放ちつつ迫撃砲と砲弾の到着を待つだろう。その頃にはまた離脱である。

タコツボの前方では不自然にならぬ程度に射界も拓かれていた。佐々塚兵長の下士官勤務者としての務めは確かで、おおむね北原が思い描いていたとおりの布陣と言えた。

負傷した三名は棕櫚林の後方で待機していた。北原を見て島野上等兵が腰を上げた。

「準備は完了しています」

「ただちに後送に入る」

肩への被弾者には傷の悪化がなく荷物の分担も可能だった。

足を折った兵は背負子で運び続けるには無理があり、添え木の当てられた足には鬱血が見られた。第四警戒壕に入っていた兵である。至近弾により壕壁が崩れたことと生き埋めになりかけたことを北原は知った。

最も案じられたのが頭部を負傷した兵である。棕櫚林への到着後に交換されたという三角巾には早くも鮮血が滲んでいた。「ここで休ませてもらって少し楽になりました。耐えられます」との言葉は強がりでしかない。毛布の巻かれた背負子へ乗せられ、携帯天幕を背中にかけられると、精根尽き果てたかのようにぐったりとした。担ぎ上げる島野上等兵は揺らさぬよう神経を遣い、杖の感触をひとしきり確かめた。

「慎重に進むが急がねばならん。苦痛は辛抱せよ」

背負子を選んだのは土砂崩れ地点を考慮したからである。交代要員の二名も荷物が三倍となれば苦しい。兵に歩度調整を任せる気になれず北原は先頭に立った。

雨と泥と起伏の激しさには皆がすでに慣れている。負傷兵を背負う島野上等兵と梅本一等兵は息を上げつつも確かな足取りをしており、おかげで後送自体に問題は起きなかった。

土砂崩れ地点にさしかかろうかという頃、背後で戦闘音が上がり始めた。間断のない激しい銃声に爆発音がいくつか交じり、誰もが足を止めた。

戦闘音は三十秒ほどでぴたりとやみ、島野上等兵がいぶかしげにつぶやいた。

「ずいぶんと早いですね。手榴弾にしては爆発音も大きいような気がします」

「尖兵を引きつけたのは間違いない。敵は退いたはずだ」

雨は相変わらずだった。わずかに出た風が周囲の葉を鳴らしていた。

どこからか上がった鳥の声をはさんで、肩に負傷した兵が思いがけないことを述べた。

「佐々塚兵長殿ならばすでにナガ族を出していたでしょう。心配ありませんよ」

言葉の意味を問うと負傷兵は他意のない口調で説明した。

「ナガ族を歩哨の位置に押し出しておけば少なくとも後手には回りませんから」

「つまり佐々塚は歩哨を二名立てていたのか」

「はい」

なぜ知らないのかとの顔を向けられて北原は目を逸らした。

佐々塚兵長は道を外れたいずこかにラングカンを縛り付けてから北原を迎えたことになる。連行を伏せてさえいれば負傷者とともに退がると読んでいたことになる。伝令を出さずにいたのも北原を退げるためだろう。抗命を明言した部下の行いであれば驚くには値しないとしても憤りを覚えぬわけにはいかなかった。

気持ちを切り替えるのは容易でなく、その点で言えば土砂崩れ地点には助けられることになった。

背負子を支えつつ一歩一歩を確かめて進まねばならなかった。それは非常に苦しく、歩度に至っては匍匐にもおよばぬほどだった。土砂は雨にぬかるみ、倒木が行く手を阻《はば》み、まったく始末に負えない。拓けた空の下では敵機飛来時の危惧も拭えない。すでに道らしきものがつけられているとはいえ、しょせんは標《しるべ》としての意味しかなさなかった。

越えたときには全員が息を上げていた。それまでは難道としか認識していなかったスルサーラ道に北原はありがたみすら覚えた。

杖に体重を預けたまま島野上等兵が助言を寄越した。

「あとは大丈夫です。教官殿だけでもツンフタン部落へ先行されてはいかがですか」

若干判断に迷った。敵の追撃は予想よりも速い。しかし一度は当番兵が現れたからには撤退状況と損害は土屋中尉に伝わる。ツンフタン部落撤収との兼ね合いで言えばひとまずそれで充分だった。

「お前らだけでツンフタン部落へ急げ。俺は棕櫚林へ戻る」

ラングカン拘束に関わる感情も手伝ってのことだったが、その判断自体は決して誤りではなかった。棕櫚林で敵を追い返しつつも班は最初の死者を出していたのである。

8

「教官殿」

崩れた土砂を越え直して間もなく兵が一名駆けてきた。佐々塚兵長が放った伝令だった。その報告に北原は血の気が引いた。敵が妙な兵器を使用したことと、それがため戦死者が一名出たことが早口で語られた。

「妙な兵器とはなんだ」

「小ぶりな砲のようなものです」

また爆発音がひとつ上がった。銃声をともなわない極めて唐突なものだった。「このままツンフタン部落まで走れ。ありのままを報告せよ」と伝令に命じて北原は棕櫚林へ向かった。

戦に想定外は付きものだとしても、得体の知れない兵器の登場など夢にも思わぬことだった。後退してくる佐々塚兵長の姿が木々の向こうに見えた瞬間、様々な思いの絡んだ怒りが込み上げた。

「何があった」

佐々塚兵長が連れているのは四名だった。胸部に血を滲ませている古兵とそれを支え歩く上等兵、そしてラングカンとその腰縄を摑む一等兵である。

北原の現れたことに佐々塚兵長は顔をしかめた。一名の戦死と亡骸の未収容を淡々と報告し

「詳細はあとにしてください」と目を伏せた。

何を措《お》いても敵との距離を取らねばならなかった。渦巻く感情を抑え、「さっきの爆発は棕櫚林の手前に仕掛けておいた手榴弾です」との説明もほとんど聞き流し、北原は古兵を支えた。土砂崩れ地点でもたついているところを捕捉されればそれまでだった。

爆片を受けたらしく古兵の出血は激しかった。帯革までが血に染まり、すでに顔が青く、呼吸のたびに喉を鳴らしていた。

「……どうも無理のようです。教官殿、ここらで結構です。置いて行ってください」

「弱音を吐くな。ツンフタン部落まで運ぶ。ここを越えたら背負子に乗せる」

「体に力が入らないのです」

古兵は焦点の合わぬ目をモンスーンの雲へ向けた。みるみる開いていく瞳孔を北原は見た。結局は、ツンフタン部落どころか土砂崩れ地点を越えることしかできなかった。スルサーラ道にたどり着いたとき古兵の体からは力が抜けきっていた。

草むらに寝かせるおりには死を認めており、脈を取ったのは惰性でしかない。今なすべきは追撃に対する備えだと承知はしていても立ち上がる気力がにわかに湧かず北原はひととき放心した。

その間に佐々塚兵長が兵を動かした。ラングカンと一等兵を歩哨に立て、上等兵には伏撃に適した地点の射界清掃を命じ、自身も土砂崩れ地点をうかがえる木のそばで蔓草《つるくさ》を払い始めた。死者へ向ける心を明らかに惜しんでいた。

埋葬の余裕などあろうはずがない。切り落とした小指と認識票をハンカチで包み、亡骸を藪へと引きずり込み、合掌を境に北原は頭を切り換えた。

空は暗く、敵方も暗かった。土砂崩れをうかがえる森の際に一等兵とラングカンが身を潜めていた。

「敵影は」

「ありません」

一等兵は悪事を咎《とが》められた子供のような面持ちをしていた。その手はラングカンの腰縄をしっかりと握っていた。

どういう心境でいるのかラングカンはじっと大樹に拠っていた。敵方に向けられる顔は真剣で、相応の脅しを受けていることは質すまでもなかった。

「申し訳ありません。この男も視力が良く、どうしても手放す気になれませんでした。班の損害が敵に漏れることも恐ろしくてなりませんでした」

「お前は佐々塚に従っただけだろう」

班員たちは佐々塚兵長の判断を歓迎したはずである。棕櫚林ではラングカンを適当な森に隠していたことを一等兵は告白した。

ひどい扱いを受けたラングカンが日本軍を呪っていないわけがなかった。自分の命令だとの既成事実を作るために北原は知れきっていることを告げた。

「敵の視認が遅れればそのぶんお前の身も危うくなる。分かっているな」

ラングカンはうなずいた。二重の意味で命がかかっているからこそ兵隊よりも真剣だった。

上等兵の位置は森の際から十メートルほど後方だった。敵の攻撃を凌げ、かつ土砂崩れの全体を射界におさめられる場所などどこにもない。敵が足跡をたどるとみなした上での射界清掃は木々の隙間をかろうじて拓いていた。

スルサーラ道をはさんだ佐々塚兵長の位置もおおむね同様だった。歩み寄る北原に気がつくと彼は銃剣を収めつつ立ち上がった。

「申し訳ありません」

「何に対する詫びだ」

「棕櫚林で死者を出したこと、指すら拾えなかったこと、およびラングカンの連行です」

戦死者の出ることは第一線に出たときから覚悟していたし、ラングカンの連行については拘束の延長でしかない。「お前がまず詫びるべきは抗命だ。それともまだ続けるか」と北原は目を見返した。

佐々塚兵長は観念していた。班内ですべてを済ませるつもりでいたことに疑問の余地はない。ラングカンの連行を当番兵に知られた事実を見るからに重くとらえていた。

「処分は受けます。隊長殿にはありのままをご報告ください」

「思い上がるな」

間近に見れば佐々塚兵長も首から肩にかけて血を点々と広げていた。飛散物を浴びたのである。軽傷で済んだのは運のたまものでしかなかった。

「棕櫚林でのことを聞かせよ。特に敵が使用した妙な兵器についてだ」

「水平射撃のできる迫撃砲のようなものです。直接照準での射撃に不意を突かれました」

一名で持ち運び可能で即座に射てる代物であるとの説明が続いた。北原が連想したのは友軍の擲弾筒《てきだんとう》だった。

「擲弾筒ではありません。立射ちができ、発射煙はごくわずかで、かつ炸薬量が桁違いです。弾着地点には一瞬巨大な炎が広がりました」

棕櫚林で失われた兵も爆死というよりは焼死かも知れなかった。炎に呑まれたおりの悲鳴を佐々塚兵長は聞いたという。

そうした兵器を受領できたがゆえに敵は早い追撃に出たと考えねばならなかった。一名で運用可能な砲はスルサーラ道におあつらえ向きである。

戦死二名、戦傷三名、加えて搬送と伝令による不在が五名。短時間で班の戦力が三分の一を切ったことに北原は第一線の恐ろしさを噛みしめた。

これ以上の死傷者を出すわけにはいかなかった。かといって現在地を放棄してはツンフタン部落まで一気に迫られかねなかった。棕櫚林で日本兵の死体を確認した敵は意気を上げる。ラングカンがいれば先手を取られることはないとしても正体不明の兵器は対策がむずかしい。五の川で使われなかったのは追撃砲をぞんぶんに使えたからか、それとも追撃のために温存されていたからか。

思案を巡らせるうちにひとつ確信を得た。

立射ちが可能なのはむろん反動が小さいからである。煙がわずかなのはロケット推進とも異なるからである。ならば射程距離だけは知れている。引きつけるのはかえって危険だった。

「射界清掃はもういい。前へ出るぞ。銃を執れ」

理由を述べる北原に佐々塚兵長は従った。なるべく遠距離で射撃を加えて即座に離脱するよりない。効果は薄いとしても割り切らねばならない。なお追撃が続くなら別の地点での伏撃をこころみるしかない。

上等兵も呼びつけて歩哨の位置へ出た。一等兵は律儀に異状のないことを報告し、その横でラングカンは微動だにせずにいた。

班を掌握したからにはラングカンの解放も北原の責任で行う必要がある。それはしかし簡単なことではない。解放すれば敵をまたひとつ勢いづける。

敵はやはり意気を上げていた。拠るべき立木を各自が定めたときラングカンがささやいた。

「来ました」

敵方の森は暗いばかりで「三名が土砂崩れに気づいて足を止めています」と続けられてもまるで見て取れなかった。敵兵が動かずにいればどうにか命中の見込める距離である。土砂崩れに踏み込んだところを狙うしかなかった。

地形を見れば日本兵が待ち構えていることは容易に知れただろう。尖兵はまたインド兵のはずだった。その姿が森から現れるまで少し時間がかかった。支援火器が展開したからだと思われた。

泥に足を滑らせた尖兵たちが立ち往生の様子を見せたところで北原は射撃を命じた。尖兵の全員が倒れ込むと敵方の森で銃火がひらめいた。

後退を命じた直後、妙な兵器が使われた。全力で駆ける北原の背中を爆圧が叩き、広がる炎が闇を払った。離脱動作が一瞬でも遅れていれば軍[illegible]だろう。各個判断での射撃が認められているのか敵はその使用にためらいが[illegible]く　転倒す[illegible]炸裂は続いた。油脂弾ではない。視界の端をかすめた炎[illegible]くまで火薬によるものである。そ[illegible]の砲を一名で運用できるとは信じがたいことだっ[illegible]

最後尾の上等兵が息を乱したまま報[illegible]した。

「砲弾は弧を描きつつ飛んできま[illegible]た」

擲弾器の派生には違いない。[illegible]林用の兵器か、対戦車兵器の類か。いずれにしても炸薬ばかりは通常と異なる。遮蔽物の[illegible]い環境では榴弾よりも効果が大きいということだろうか。

敵も対応に慣れ始め[illegible]いた。ラングカンによれば被弾者は一名に過ぎないようだった。ほとんど時間は稼げま[illegible]。追撃の本隊が土砂崩れ地点を越える時間を足しても余裕にはほど遠い。

早足を維[illegible]したまま北原は地形を観察した。視界の利く地点はツンフタン部落までもう一箇所もな[illegible]。気休め程度でも有利な場所を選ぶしかなかった。

見通しの悪いスルサーラ道はどこまで行っても薄闇だった。

妥協できる地点の見つからぬうちに島野上等兵がツンフタン部落から駆け戻ってきた。

「ひとりか？」

「他は引き続き六の川への後送に充てられました。隊長殿の指示です。歩兵のマラリア発症者が増えているためです」

班への復帰を兼ねた伝令だった。北原の背後につきながら島野上等兵は続けた。

「最終便の担送兵がツンフタン部落に入りました。隊長殿は現在、保安の歩兵を待っています」

敵の急追を思えば最終便がツンフタン部落を出ても安心できない。日本兵の減っていく状況に住民の心はいよいよ浮動しているようで、六の川で築城中の歩兵がいったん回される予定であるらしかった。

「隊長殿は敵の追撃を危惧されています。歩兵が部落に入ったらすぐに来るとのことでした」

「我々のところにか」

「はい」

最大の懸念が北原班なのは確かでも、わざわざ来るとは解せなかった。当番兵の他は手兵もなかろう。「何か思うところがおありのようでした」というのが島野上等兵の見立てだった。

土屋中尉が来るなら、なおさら伏撃地点は早めに定めねばならなかった。

さらに十五分ほど東進したところでどうにか妥協できる場所を見いだせた。西に面した短い九十九折である。視界がひどく限られている反面、俯角《ふかく》での待ち伏せが可能である。敵は登ってくるのにいくらか時間を取られ、尾根を利用すれば妙な兵器の射撃もどうにかかわせると期待できた。

「佐々塚、お前の判断で散兵を整えよ」

ランゲカンの腰縄をつかむ北原に佐々塚兵長は眉を寄せた。

「どちらへ」

「隊長殿をお迎えにあがる」

「ラングカンを連れてですか」

他の者もラングカンの処置は気にかけており、北原を見る目には心を読もうとする動きがあった。

下級者の心理を承知しているからこそ佐々塚兵長は異を唱えた。

「ラングカンの処置でしたら自分がやります。今は指揮官が離れるべきではありません」

ツンフタン部落までの距離はもう知れている。ラングカンは部落に預けてしまうのが最善で、どう考えても今しかその機会はなかった。雨があろうと住民の耳には銃声も届くだろう。前線の接近を恐れていずこかへ隠れてしまうと面倒だった。

その点では佐々塚兵長も同じ考えでいた。「お前が行ってどうするつもりだ」と問い返すと迷いも見せずに答えた。

「ツンフタン部落の住民に預けます。できれば部落長に」

周囲の景色を忘れるほどの立腹を北原はそのとき覚えた。時間の飛んだ感覚がわずかにあり、気がつくと力任せにビンタを取っていた。

不快な痺れが手のひらに広がった。質は異なれど、佐々塚兵長に対する怒りは敵に覚えるものをゆうに凌いでいた。

「この期におよんでまだ俺を愚弄するつもりか」

命令し責任を取るのが指揮官の務めだと佐々塚兵長は言った。命令していないことに責任を取る必要はないとの意味がたぶんに込められていた。見習士官を半人前扱いしての理屈である。

佐々塚兵長はにらみ返してきた。手のひらの痺れが熱をともないはじめると不快感は増し、北原は感情の弾けるまま告げた。

「お前の非道にも責任を持つのが俺の仕事だ。それが指揮官の務めだ。よく聞け。ここで散兵を整え敵に備えるのだ。俺が戻るまでお前が指揮を執れ。分かったか」

すべては他の部下の存在も忘れてのことだったが、むしろ示しになると思うことにした。

何が起きているのか分かろうはずもなくラングカンは呆然としていた。その腰縄を摑み直して北原はツンフタン部落へ足を向けた。


進むほどに鼓動が耳に障り始め、体の疲れと心の乱れを自覚させられた。

ラングカンの背中が哀れでならなかった。現地住民は戦火の通過を待つしかない。協力を求められれば応じるしかない。国家の一員である自覚も薄い山岳民族にしてみれば、もはや軍隊そのものが忌まわしかろう。

「ツンフタン部落からマルフ部落までは一日の距離だと聞いたが本当か」

ラングカンは存外にしっかりした声で答えた。

「太陽が昇ってから沈むまでのあいだに到着できます。我々の足ならばですが」

「当然お前もツンフタン部落には行ったことがあるだろう。顔見知りはいるか」

「だいたいの者とは顔見知りです。日本軍がやって来てからもツンフタン部落には行きましたし、戦争前にはポーターを一緒にこなしたこともあります」

山岳地帯に定着している英単語はアヘン商人が持ち込んだものだろう。それが廃《すた》れぬ程度に人の行き来はあり、ラングカンはツンフタン部落の長も知っていると答えた。

「お前はもうお役ご免だ」

「日本のマスター、安心してください。わたしは何もしゃべりません」

どこの国の軍隊も身体能力の優れた住民に目を付ける。ラングカンの存在がなかったとしても別の誰かが使われていただろうし、英印軍はツンフタン部落でも男を調達するだろう。

命の瀬戸際にあると認識してからラングカンは勝手にしゃべり始めた。

自分には女房も子供もいる。日本を嫌う理由などない。マルフ部落でも乞われるまま協力した。傷病兵を家で世話したし、ツンフタン部落へ行ったのも担送のためである。

「日本の兵隊さんは感謝していました。信じてください。英印軍に協力することになったのは日本軍に協力したからです。働き盛りの男はどうしても敵性を疑われたのです」

英印軍に従い、男の七名が五の川までの物資輸送に協力した。川に達したあと英印軍は斥候を放って日本軍と若干の射ち合いを演じた。対岸の深い森と広い岸に英印軍は懸念を深めていた。結果、斥候の補助としてラングカンは残されることになった。他の男たちは糧秣や弾薬の輸送に充てられた。

どこまでが本当かは分からないものの話の筋は通っていたし強いて質す必要もなかった。誤解をそのままにツンフタン部落へ入れてしまえばいいと北原は割り切った。

ところが部落への到着前に土屋中尉と行き合ったことですべてが御破算になった。「前から誰か来ます。ふたりです」とラングカンが教えてくれ、おかげで表情だけはつくろうことができた。

「どうした」

北原を見て取るや土屋中尉はいぶかしげな顔をした。ここにいる理由と現地住民を連れている理由を同時に問うていた。

「マルフ部落の男を保護しました。敵は頭に血を昇らせていますので迂闊に解放できません。ツンフタン部落に預けようかと思います」

敵とは土砂崩れ地点でも交戦したが、妙な兵器により足止めの効果はさほどあがらなかった。班には俯角を取れる地点での伏撃を命じている。それらを説明したあと北原は付け加えた。

「この男をツンフタン部落へ預けたらすぐに班へ戻ります」

まず間違いなく土屋中尉はおおよそを察していた。なすべきことの優先順位をつけるような沈黙を経て「先に行って佐々塚兵長の下にひとまず付け」と当番兵を送り出した。一対一で話す時間を欲してのことである。

「それは敵が軍使として寄越した住民だろう。ラングカンとかいったな」

土屋中尉は出し抜けに気を著《つ》けをかけた。反射で踵《かかと》を合わせると同時に北原は猛烈なビンタを受けた。少尉候補者出身の叩き上げである。新兵教育における下士官のごとき重いビンタだった。

「俺は今ほど情けない思いをしたことはないぞ。大隊勤務からあぶれたときにもこれほどではなかった。北原、分かるか」

分かると答えてはならなかった。上官を謀るにも程度というものがあるはずだった。

「そうか、分からぬか。貴官は俺をトンマとみなしているのだな」

再び重いビンタが飛んできて北原は踏みこたえた。おおよそどころではない。土屋中尉はすべてを承知していた。現地住民を連行している事実を知った瞬間にこれまでの報告を繋ぎ合わせたのであり、班に向かおうとしたのもおそらくはそのためだった。

「戦争犯罪の濡れ衣を着せられた上にモンテーウィンを失った貴官の苦悩を俺が分からぬと思ったか。ひとりで背負い込もうとする貴官を俺が予測できぬと思ったか」

どのみち濡れ衣は拭えない。軍使として現れた現地住民を拘束したくなるのは当然である。ただでさえ劣勢な軍隊は疑心暗鬼を強める。偵察目的である恐れも抱く。人質としての効果にも期待する。苦しさゆえにその場凌ぎの対応を迫られる。心に魔が差す。

英印軍にしてみれば失ったところで代わりはいくらでもいる。佐々塚兵長の言っていたとおりラングカンは毒である。現地住民の心を日本軍から離れさせる毒である。英印軍はきっと占領域の安定的統治までを視野に入れて行動している。

「貴官の置かれた状況であれば俺も拘束していただろうよ。敵の力をいくばくかでも低下させ得ると考えただけで拘束していただろう。モンテーウィン逃亡の報告を受けたときも、まず考えたのがツンフタン部落から男をひとり行かせることだった。傷病兵後送に滞りが出るとしてもそうすべきではないかと一度は考えた」

しかし最終的には断念した。言うまでもなく第一線は危険だからである。連れて行かれた男が落命しかねないとなれば部落長も穏やかではいられず、立場上抗議のひとつもせねばならなくなる。傷病兵収容任務を負った隊には総じて不利益のほうが大きい。

「貴官はただちに班へ戻れ」

土屋中尉は叩き上げの誠実さに縛られていた。ラングカンを奪い取ることで責任を引き受けた。

「隊の責任者は俺だ。見習士官ごときに気遣われるつもりはない」

北原の目頭は熱を帯びた。自分の至らなさや上官の恩情によるのは確かだが、一言でいうなら肩の荷が下りたからである。

ツンフタン部落へと引き返していく土屋中尉の背中を敬礼で見送り、つかのま心を無にした。九十九折へ戻るまでにまた指揮官の顔を取り戻さねばならなかった。

＊

英人大尉は不意に制止をかけた。メモを録るためではなく事実確認のためだった。

「ラングカンがどのように解放されたか、あなたはご存じですか。土屋中尉から聞きましたか」

不可解な質問である。そんなことを知りたがる理由が北原にはまるで分からなかった。

「ツンフタン部落で解放されたはずですが」

「つまり聞いてはいないのですね」

何を思案してか英人大尉は視線を窓外へ流した。

まぶしい陽光の降り注ぐ疎林には枝葉の影が揺れていた。風に乗ってときおり届くエンジン音は運土車のものである。操縦しているのは自動貨車大隊から特に選ばれた者たちだった。

自動貨車大隊はしょせんビルマ方面軍の裏方でしかなく、所属将兵の尋問機会などこれまでなかったろう。英人大尉は時間の過ぎるほどに北原への興味を高めているように見えた。

「ラングカンはツンフタン部落へは連れて行かれていません」

「どういうことですか」

「わたしもそれを知りたい。ラングカンを連れて行く際の土屋中尉の様子を詳しく教えてください」

そうは言われても一年以上前の話である。はっきりと北原の記憶に残っているのはビンタを取られたことと、責任を引き受けてくれたことに対する感謝の念くらいだった。

「ラングカンは死んだのですか」

「なぜそう思うのですか」

死んではいまい。問い返しを選んだのは、ぼかしておくのが得策と判断したからだろう。

「英軍の大尉がひとりの現地住民にこだわるからにはよほどの事情があるのでしょう」

「事実認識の食い違いにぶつかれば背景をつまびらかにする必要があるだけです」

語学将校の金言か「尋問とはおうおうにして食い違いの追及です」などと言った。北原の偽りを牽制もしているのだった。ラングカンを預ける前後のことを語り直させてから英人大尉は腕を組んだ。

「その後、ラングカンの処置に関して土屋中尉と話をする機会はなかったのですか」

「ありませんでした」

ラングカンを思い出すことすらなかった。スルサーラ道を脱してからも撤退支援は続いたし、アラカン山系を離れてからも輸送任務は続いた。中部ビルマへ転進する第十五軍の支援に自動貨車大隊は心の安まる暇もなかった。

「スルサーラ道で次に土屋中尉と顔を合わせたのはいつですか」

「その日の日没前、六の川と名付けられていた川を渡ったあとです」

渡河した先の森に土屋隊は天幕を張り、傷病兵の最終便とともに露営していた。ラングカンはむろんいなかった。土屋中尉ならば部落長に直接預けることができたはずで、だからこそ北原はなんの不安も抱かずにいた。

なぜツンフタン部落に預けられなかったのか。

北原の弁とラングカンの弁が食い違っているからこそ英人大尉は止めたのである。ラングカンは適当な森にでも放り出されたことになる。そんな無責任なまねを土屋中尉がしたとはにわかに信じられることではなかった。

「ラングカン本人はどこで解放されたと言っているのですか」

英人大尉は無視し、「なにはともあれ、あなたはラングカンを土屋中尉に預けて班へと引き返した。そしてまた部下を失うことになった。そうですね？」と先をうながした。

ラングカンの解放場所にいかなる意味があるのか。

いくら考えても北原には見当がつかなかった。

＊

敵は追撃速度を上げていた。

九十九折においても全員の位置を把握し、歩哨についている当番兵の確認へおもむこうとしたところで、とうの当番兵が匍匐で退がってきた。

「敵です。軽装のインド兵三名です」

北原の射撃を合図に斉射を加えて離脱する。その旨は改めて告げてあった。当番兵とともに戻った北原を見た時点で誰もが敵の接近を悟り、掘りかけのタコツボもしくは大樹に拠った。

九十九折をおよび腰で登ってくるインド兵たちには悲壮感が漂っていた。木々の合間に動くその影を追いながら北原は英人指揮官の思考をのぞいた気がした。

尖兵を死兵とみなしている。指名にあたっては能力の低い者から選んでいる。それは隊の士気を高めるためでもある。次の尖兵指名を受けまいとインド兵たちは必死にならざるを得ない。

三名が同時に姿をさらすような僥倖《ぎょうこう》は望めず、結局ここでも満足のいく戦果は得られなかった。不意射ちと斉射をもってしても被弾を確認できたのは一名のみで、残りのインド兵は緑に溶け込んで応射を始めた。

即座に続いた手榴弾の乱投には焦らされた。いくつかの炸裂音と共に爆煙が広がると闇夜の戦闘と変わりがなかった。混戦を嫌う敵のすることではない。日本兵はもはや少数でしかないと敵はおそらく舐めてかかっていた。

妙な兵器が出てくる前に後退を命じた。

九十九折は射界から外れ易い点で確かに有利で、あの大きな炸裂音が轟いたとき班は一応の離脱を済ませていた。

駆ける部下の頭数を確かめながら北原は異状の有無を質した。思えばそれは考えの足りないことだった。たとえ異状があろうと余裕のないうちは正直に答える者などいるはずがなく、結果的には敵の銃声が途絶えるまで島野上等兵の負傷に気づくことができなかった。

歩度を縮めると同時に足をもつれさせ、泥に膝を突き、島野上等兵は苦悶の表情で背を丸めた。手榴弾の爆片を受けたらしく横腹に血が広がっていた。

救急処置を命じる北原に佐々塚兵長が意見した。

「九十九折を見ればもう伏撃に適した地点のないことは敵にも分かります。足を止めるつもりはないでしょう。島野はこのままツンフタン部落へ運ぶべきです」

搬送時間を稼がねばならなかった。当番兵に島野上等兵を背負わせ、北原は残った三名を展開させた。

その間に敵は尖兵を退げ、代わりに追撃の主力を躍進させたようだった。島野上等兵と当番兵が消えて間もなく再び銃声が上がり始めた。

周囲の木々におびただしい数の銃弾が突き刺さり、弾き飛ばされた枝と葉が一帯に舞った。すでに戦いは一方的だった。敵影の視認すらできぬまま北原たちはあの兵器の射撃を受けることになった。

銃声が弱まったように思われた直後、膨らむ炎が景色を赤一色に染めた。

混乱は避けようがない。それを承知で砲の類を使用する敵には寒気すら覚えた。英人指揮官はある程度の同士射ちにも目をつむっているのだった。

ようするにそれである。指揮官の能力を決めるのは割り切りの遅速である。

英人指揮官は非情ゆえに決断力が優れている。燃える木々を前にしてもまごつく理由はない。

後退を命じながら北原は銃を捨てた。

広がる煙と立ちのぼる水蒸気に視界はいよいよ狭められ、班員の掌握はほとんどできなかった。

倒れている佐々塚兵長に気がついたのは偶然の結果でしかない。這い戻ったスルサーラ道でたま姿が目に入っただけである。

全身にまとった泥と偽装のおかげで佐々塚兵長は地面と同化していた。存在を示していたのは背中を覆う炎だった。

思考はとうに飽和しており、事実認識の程はもとよりあやふやである。炎と煙から抜け出せなかった部下二名がどうなったのかも分からない。銃火のひらめく闇に向けて後退を再度告げたことだけをかろうじて覚えている。佐々塚兵長を背負い、掌握から漏れた二名を死んだと割り切ることで、北原はその後の離脱に集中した。

密林に見て取れるのはスルサーラ道のみで、煙を抜けてからも他の一切が目に入らなかった。顔を叩く蔓と枝が感覚に鞭《むち》を入れ、軍刀を預けておいたのは正しかったとかすかに思った。

背中にしがみつく佐々塚兵長は苦しみに呼吸すら不規則だった。先に後送させた島野上等兵も負傷が横腹とあっては独歩不能と考えねばならない。

要担送者二名の増加。

いかにすべきか。

五の川で出した独歩不能者と合わせて四名になる。土屋中尉がいかに工夫しようと今さら四名を運ぶだけの力は捻出できまい。

ではいかにすべきか。

どれくらい駆けたのか、ひげ面《づら》の兵隊が啞然とした顔で現れた。兵隊は背後の薄闇を振り返って大声を発した。

「こりゃひどい」

「班長殿、見習士官殿です」

ひげ面の兵隊を押しのけるようにしてあの歩兵軍曹が現れた。戦闘音がツンフタン部落に届いていたことと、保安任務で部落に入ったのが軍曹の分隊であることを北原は知った。

「またずいぶんとやられたものですね」

多少は苦労を偲《しの》んでか言葉遣いが改められていた。糧秣でいくらか体力を取り戻したらしく、傷病兵と変わらぬ姿でありながら意気も増して見えた。手持ちの部下は一名のみであったが、歩兵軍曹はためらいも見せずに「敵を足止めしてこい」と命じた。

「待て軍曹、一名では無茶だ。敵は妙な兵器を使っている。強力な擲弾筒のようなものだ」

歩兵に対しては釈迦に説法なのだろう。「だとしたらなおさら一名のほうがいい」との言葉が返ってきた。

「話には聞いたことがあります。狙撃のつもりで一発のみ食らわせて離脱するしかありません」

彼らは北原班の収容に来たのである。「とにかくあとは気にしなくて結構です」と歩兵軍曹は述べた。懸念はむしろツンフタン部落にあるようだった。

「戦闘音を聞いた住民が不穏な気配を見せています。部落には二名残していますが早く戻るに越したことはありません」

歩兵軍曹は搬送を交代した。北原はそこで初めて佐々塚兵長の負傷程度を目の当たりにした。背中から腰にかかる重度の火傷《やけど》だった。ボロとなった軍衣とただれた皮膚が、剝き出しの赤い肉を縁取っていた。苦痛はただごとではなかろう。佐々塚兵長は歯を食いしばったまま脂汗を流していた。

「軍曹、少し待て。ガーゼだけでも当てておく」

包帯包《ほうたいほう》ひとつでは足りぬほど火傷の範囲は広かった。三角巾と合わせてどうにか覆ったもののしょせんは気休めである。早急に衛生勤務者へ引き渡さねば破傷風の回避はむずかしかった。

銃声がまた上がり始め、間髪をいれず爆発音が続いた。幽鬼のごとき姿に落ちぶれても歩兵はやはり歩兵であり、軍曹の部下はすぐに戻ってきた。

「一名に命中させました」

「ご苦労。部落へ先行しろ」

駆けていく部下に続きながら歩兵軍曹は質した。

「五の川からここまで何名を倒しましたか」

「十名には届くまい」

「薄暮には敵も追撃を切り上げるでしょう。負傷兵の処置と民情掌握の必要がありますからツンフタン部落で足を止めるはずです」

「敵の指揮官は執拗だ。兵の犠牲をまるで気にかけていない」

「それでも部落の通過はあり得ません。六の川へ斥候は出すでしょうが」

スルサーラ道をはさんで立つ家々が見えたとき北原の身は強ばった。銃を構える歩兵の姿があったからである。住民を遠ざけるにはそうせざるを得ない状況なのだった。

道のかたわらには先着の島野上等兵が横腹をかばいつつ腰を下ろし、そばでは当番兵も銃を構えていた。

「退がるぞ」

保安に当たっていた歩兵二名を後衛にして一列縦隊が作られた。家の間に見える住民は男ばかりで、その表情は迷惑を隠していなかった。

最上級者としてかけるべき言葉は喉につかえた。数人の男と目を合わせただけで北原はツンフタン部落を通過した。

男たちは英印軍に取り込まれて案内や輸送に従事する。あの英人指揮官は堂々たる態度で住民に接し、日本軍とは桁違いの力を背に協力を取り付けるはずだった。

9

「すべての国民が確かな義務教育をほどこされている。兵卒ですら読み書きそろばんができ、強い責任感を持っている。ゆえに将校代理を下士官が務められ、下士官代理を兵が務められる。日本軍は常にそうして急場を凌いだ」

それは日本軍ひいては日本社会の弊害だと英人大尉は語った。

「インパール作戦での日本軍は弊害があらわになったという意味で実に象徴的です。日本軍は恐ろしく強靭だった。長い悪戦苦闘にありながらどこの部隊も建制を保ち続けた。人員が半減しても戦い、一個中隊が数名になった例すらある。スルサーラ道におけるあなた方も性質においては同じです。仮にあなたが倒れても誰かが指揮を受け継ぐことで班は機能し続けたでしょう。だからこそ土屋中尉も特に心配はしていなかったのでしょう」

話の主旨がどうにも見えなかった。少なくとも多忙を強調した語学将校の語ることではあるまい。尋問に対する違和感を北原はにわかに覚えた。

「土屋中尉が生きていたらそのあたりの心理や判断も確かめたいところです。イラワジ会戦で戦死したそうですね。まったく日本軍の体質が恨めしくてなりません」

そのときほのかな憤りを覚えたのはなぜだろう。感情に押されるまま北原は言葉を返した。

「土屋中尉殿の戦死は不可抗力です」

英人大尉は不快感のひとつものぞかせなかった。

「どう不可抗力なのですか。ひとつ聞かせてください」

今年の二月である。インパール攻略に失敗した第十五軍は中部ビルマに転進したのちイラワジ河で再び英印軍と大規模な激突をすることになった。自動貨車大隊は全力をもってその支援に当たった。

牛車での糧秣輸送中に土屋隊は敵機に襲われた。半砂漠と呼ぶべき緑の少ない平地だった。飛来した六機のスピットファイアが虱潰《しらみつぶ》しの機銃掃射を繰り返し、結果として十台の牛車がすべて破壊され、兵力は五分の四に減った。

土屋中尉は胸部被弾の即死だった。隊長代理となり、生き残った牛と兵をもって糧秣輸送を続行したのは北原である。

「それを不可抗力とみなすのは、あなたが日本の軍人だからでしょう」

英人大尉は紙ばさみを机上に伏せ万年筆を置いた。休憩のつもりかネプチューンをくわえると北原にも一本寄越した。

「土屋中尉の戦死も結局は確かな義務教育のせいなのです。将校や下士官が倒れても兵は自分で状況を判断できる。距離や時間の計算を瞬時にこなせ、報告のための記録もこなせる。煎じ詰めれば将兵が有能であるがゆえに無理のある命令が乱発されたのです」

逆説的だとしても一面の事実ではあるだろう。兵卒が兵卒としての能力しか有しない軍隊であれば運用はより慎重にならざるを得まいし、将校が傷つくほどの打撃を受けたなら戦線離脱がただちに命じられるはずである。

思い返すだにインパール作戦は無謀だった。イラワジ会戦も無謀だった。退くべきところで友軍は戦力をすり減らした。

「確かな義務教育の弊害は他にもあります。その分かりやすい例が佐々塚という兵長の抗命です」

よもや話が佐々塚兵長に繫がるとは思わず北原はタバコを運ぶ手を止めた。

「確かな義務教育を受けた者は苦しい場面で上官の判断を疑います。勇気ある者は問題行動を起こしもします。当初あなたは佐々塚兵長を頼りにしていたようですが、わたしがその立場であれば願い下げだったでしょう。外してくれるよう土屋中尉に申し出たかも知れません。これは抗命を聞いた上での感想ではありません」

佐々塚兵長から見た北原は頼りない上官だったろう。教官殿との敬称にも実のところは抵抗があったろう。第一線に立てば不安もひとしおで、それが抗命に繫がったのは考えるまでもない。

もともと見習士官の手に余る兵隊だったのである。

「佐々塚兵長がラングカンを拘束した。あなたは拘束を認めるような人間でないから強引な手段に出たのでしょう。ではその真意はどこにあったのか」

「真意？」

「ええ」

　再び紙ばさみが手にされた。尋問中たびたび膝の上で走り書きされ、紙はすでに十枚近くが使われていた。

　その内容を北原に見せることはあくまでなかった。ああこれだという顔で英人大尉はやがて言った。

「頼りにしていた佐々塚兵長が抗命したのですからあなたの困惑は大きかったはずです。状況からすればラングカンを返すことには確かに不利益がある。戦いは非常に際どい。渡河に一度失敗したジョゼフ・カールトン中尉が報復の念に燃えていることも、戦力増強にいそしんでいることも想像に余りある。だからといって抗命に出るのはさすがに常軌を逸しています」

「なりふり構うつもりがなかったのでしょう」

「結果に責任を負う必要のない一兵卒がなぜそこまでしたのでしょうか」

　思考の立脚点が異なっているのだろう。想像もしていなかった指摘が直後になされた。

「班が崩れ、敗走にでも追い込まれたら、捕虜が発生しかねない。捕虜が発生すればモンテーウィン少年と対面させられかねない。佐々塚兵長はそれを恐れたのではないでしょうか。モンテーウィン少年の言葉と新たな捕虜の言葉に食い違いが生じればジョゼフ・カールトン中尉が何からの疑いをかけかねないからです」

　肌が粟立つのを感じた。英人大尉はあからさまに北原の反応を確かめていた。応えねばならなかった。

「佐々塚がモンテーウィンを逃がしたとみなしているような口ぶりですね」

肯定も否定もされなかった。その必要を覚えぬほど英人大尉の中では事実が確定しているのだと思われた。

「モンテーウィン少年の逃亡状況についてもう一度聞かせてください」

待機壕に寝床を与えられていた。夜明け前に壕を出て、歩哨に用便を告げ、スルサーラ道を五の川方向へ歩き、川に沿って森を抜け、敵の目も味方の目も届かぬ上流で渡河した。それが北原のこしらえた流れだった。

英人大尉には特に怪しむ様子もなかった。一呼吸の間を取って自身の想像を並べ始めた。

「佐々塚兵長が投降を命じたのならば尋問に対する注意を与えていたでしょう。ところがこれが悩ましい。日本軍を裏切った形を取らせる以上は素直に応じさせねばならない。積極的に日本軍の情報を語らせねばならない。さらには誹謗中傷させねばならない」

「でしたら佐々塚が逃がしたとは考えにくいはずです」

「もしあなたがモンテーウィン少年を逃がそうと考えた場合、尋問にはどう心を構えさせますか。あくまで仮の話です。ひとつ想像してみてください」

明らかな揺さぶりだった。タバコを揉み消しながら北原は障りのない答えに努めた。

「隊や班の戦力は兵站の関係から想像はつきます。その他の情報についても漏洩程度を案ずる必要は特にありません。モンテーウィンは日本語もできず、わたし自身、班とは分けていました」

「物理的に分けるのは不可能だったはずです。現に兵隊と同じ寝床を与えられている」

「それでも単純な使役でしか使っていません。例外といえば伝令くらいですが、しょせんは飛脚でしかありませんでした」

この英人大尉が直接対面したわけではないにしろ、モンテーウィンからも供述を取っているのはまず確かだった。迂闊な偽りに走る北原を期待しているような気配が英人大尉にはあった。

モンテーウィンの生存自体は大いに救われることである。その点で言えば愉快でない尋問にも感謝せねばなるまい。またひとつ紙がめくられたとき北原は思いきって訊いた。

「本人はなんと言っているのですか」

当然のごとく無視し、英人大尉は自分のメモを指先でなぞった。北原の弁とモンテーウィンの弁はおおむね合致しているらしく疑義が呈されることはなかった。

「北原少尉、あなたは対岸へ渡ったモンテーウィン少年の足跡を自分の目で確認していますね。渡河後のモンテーウィン少年がどう行動するかも想像はしたでしょう」

「インド兵の気張りがゆるむ頃を選んで投降するだろうと考えました」

「投降段階までの苦労は想像しなかったわけですか」

質問の意味を摑みかねて北原は無言を返した。英人大尉はタバコを消しながら続けた。

「よほどの高地でない限りアラカン山系の森は深く険しい。ナガ族もチン族も未知の森には踏み込まないほどです。太陽もろくに確認できない雨期はとりわけです。もちろん虎や豹《ひょう》を恐れてのことでもありますが密林を進むこと自体に命がかかるからです」

人間は特定の目標物がなければ十メートルとて直進できない。それでなくとも密林は直進を許さない。未知の密林は必ず迷う迷路である。英人大尉の述べるところは、あの歩兵軍曹が語っていたところとほぼ同じだった。

「モンテーウィン少年が川を渡った頃には明るくなっていたでしょうから、さすがに岸沿いは歩けない。神経の張りつめているインド兵がいない場所、あなたの班で言う指揮壕や待機壕あたりに出るのがひとまず無難だ。ようするに森の奥へ入り込まねばならない。ならば方位磁針を所持していなかったはずはないとわたしは思います」

そう言うからには所持は確認されていないのだろう。「身体検査前に捨てたに違いありません」との推測が述べられた。

「ではなぜ捨てたのか。ビルマ人の私物としては不自然だからでしかありません」

「モンテーウィンは視力が人並みはずれていました。方位磁針なしでもなんとかなったはずです」

「密林の恐ろしさは視力がほとんど意味をなさないことにあります。あなたもよく分かっているはずだ。五の川からの撤退途中であなたはインド兵三名と遭遇していますね。その三名は上流で渡河してあなたがたの側背を襲うよう命じられていました。航空写真と方位磁針をジョゼフ・カールトン中尉に与えられてのことですが、それでも遭難しかけています」

ジョゼフ・カールトン中尉は決死隊とでも位置づけていただろう。あるいは夜明け直後に渡河させていたのではなかろうか。インド兵たちは実際それくらいの疲労困憊にあった。

「とにかく前人未踏の密林を進むには命がかかるのです。モンテーウィン少年が方位磁針を持たずにいたとは考えられません」

「我が隊の状況や戦の先々を考えて命を賭《と》す価値を見出したのでしょう」

「違います。気の小さな少年のことです。方位磁針を与えられたからこそ投降の勇気を振り絞れたのです」

投降指示と方位磁針を与えた者がいる。上官にも相談せずそんなことをするのは佐々塚兵長だけであると確信しているのだった。相応の理由のためとはいえ、抗命のくだりを伏せなかった自分を北原は悔いた。

「あなただろうかと実は少し思いもしたのです。しかしどうも違う。五の川における口合戦からしてもあなたはモンテーウィン少年の投降に振り回されている」

「佐々塚は方位磁針を持っていませんでした」

「持っていてもおかしくはありません。出征に際して買い求める例は珍しくない。ビルマには兵隊の欲しがりそうなものを並べる雑貨屋もある」

「だとしても持っていた証拠にはならないはずです」

「あなたもまさか部下の私物検査まではしていないでしょう。つまり持っていなかった証拠もないわけです」

モンテーウィンは自主的に逃げたのではない。英人大尉にとってはそれが極めて重要なのだった。

そのわけは察せられたものの奇妙なことではあった。戦犯容疑の一部否定とも言えるからである。尋問に対する北原の違和感はいよいよ募った。

「モンテーウィン少年を逃がすこともラングカンを拘束することもあなたにはできない。そうすべきだといくら承知していてもあなたには決断できない。だからこそ佐々塚兵長は肩代わりした。汚れ仕事を肩代わりしたのです」

気づいているのかいないのか、ひとりを逃がしてひとりを拘束する倫理的矛盾を英人大尉は口にしなかった。「ではモンテーウィン少年を逃がすことを佐々塚兵長はいつ決めたのか」と自問の口調になった。

「わたしはね、アラカン山系に入ったときには決心していたのではないかと思っています。チンドウィン河を渡ったときと言うほうが正確でしょうか。河は心理的な線でもありますからね」

コヒマ放棄の非公式情報がとうに流れていた。大半の将兵はすでにインパールをあきらめていただろう。

「状況が状況ですからモンテーウィン少年に同情を深める者は多かったでしょう。佐々塚兵長がそのひとりであったとしても不思議はない。いずれは百姓に戻さねばならないなら早い段階で敵に預けてしまおうと考えてもやはり不思議はない。五の川さえ越えれば砲弾も爆弾も降らない。むしろ絶好の機会とすら言える」

あいにく確認のすべはないが。英人大尉はそんな表情を見せた。日本の確かな義務教育を嘆いた真の理由がそれではなかろうか。佐々塚兵長の言動把握にこそ尋問の目的があるように感じられて北原は不気味なものを覚えた。

「あなたはいったい何者ですか」

「わたしはただの語学将校です」

「佐々塚と個人的な接点を持っているのですか」

あるいはスルサーラ道にいたのだろうかと考えたとき英人大尉は口の端《は》で笑った。「勘ぐりすぎですよ、北原少尉」とたしなめるように言い、どこか呆れの気配を発するのだった。

「あなたもずいぶんと細かなことを考える人だ」

「ではなぜ佐々塚にこだわるのですか」

「こだわられると困るのですか」

俘虜の口数が増すのは歓迎すべきことだろう。口合戦で敵を利した自分を思い返して北原は沈黙で応じた。

英人大尉はここでも気を悪くした風すらなかった。「まあ一服どうぞ」とまたタバコを寄越した。

「ツンフタン部落を通過後、あなたはどう行動しましたか。佐々塚兵長はそのときどんな様子でしたか」

こうした場で吸うのがもったいないほどネプチューンは美味である。陽光の降る外へ目を逃がしながら北原はその味をもって気持ちを整理した。

スルサーラ道に良い記憶などあろうはずもなく、わけても六の川における佐々塚兵長を思い出すのはつらかった。

＊

薄暮に六の川を渡り、竹簀の子を敷いた幕舎をあてがわれ、命じられるまま四時間ほど仮眠を取った。

その間に強い雨が降ったらしく土屋中尉の当番兵に起こされたとき外は水浸しだった。カンテラがなければ一歩も進めぬ闇である。当番兵は北原の足元を照らしつつ慎重な足取りで先導した。

土屋中尉の幕舎にはタバコの煙が充満していた。ツンフタン部落を離れても時間に余裕はない。

「食いながら聞け」

押しつけられた焼き米を頬張り、缶切りを牛缶に立てながら、北原は今後の方針を聞いた。

「我が隊は払暁をもって現在地を撤収しグクイム道へ出る。その後はチンドウィン河へ進むだろうが、いずれ別の撤退道へ回されるとみておかねばならん。マラリア発症者のない隊が遊んでいられる道理はない」

他の撤退道の状況は想像するよりなかった。どこの部隊も行軍長径が延びきり、落伍者を多数出しているだろう。むしろスルサーラ道での任務は馴致期間と考えるべきである。

「それでな北原、分かってはいるだろうが佐々塚兵長と島野上等兵の状態がかんばしくない。はっきり言えば落命を覚悟せねばならん。グクイム道にある衛生勤務者は傷病兵を捌ききれていない。たとえ衛生勤務者に預けられたとしても厳しかろう」

チンドウィン河からツンフタン部落まで北原たちは十日かかった。疲れた体での傷病兵担送となれば何日を要するか。雨に悪化の一途をたどる道も勘案すれば最低でも二週間はみておかねばなるまい。

北原班が出した負傷者四名もやはり全員は運びきれない。装備を捨て、土屋中尉までを動員しても、三名が限界であるという。

指揮官を担送に組み込むのは言うまでもなく危険で、北原は迷うことなく返した。

「佐々塚と島野は置いていきます」

敵は明日にも接触してくる。しかし六の川で効果的な抗戦は望めない。山岳地帯ではまず典型的な川と言って良く、とりわけ岸が狭い。希望があるとすれば流れが急なことくらいだろう。足を取られるほどであり渡河点には綱も渡されている。

これを突破するにはしっかりとした展開が必要となり、英印軍は斥候を放ちつつ迫撃砲の到着を待つことになる。明日の午前中いっぱいは持ちこたえられるはずだった。

「布陣中の歩兵は五の川の分隊ですか」

「兵力は減っている。一名が復帰した代わりに四名がマラリアで後送された」

つまり総員わずか四名ということになる。日中に見た歩兵軍曹以下の面々が全力なのだった。

ならば佐々塚兵長と島野上等兵の残置はより意義を増す。壕をそのまま墓穴としてもらえば両名の苦痛もやわらぐ。

むしろ北原の不服こそを土屋中尉は危惧していたようである。「貴官が承知してくれるならもう話すことはない」とカンテラを手に出ていった。

自分がどこか捨て鉢になっていることには気がついていた。上官の天幕では無礼だとしてもタバコをふかす以外に心を保つ手段がなく、北原はすべての感情を呑み下しながら一本を灰にした。戻ってきたとき土屋中尉は当番兵を連れていた。発せられた声には心労が濃く滲んでいた。

「佐々塚兵長が貴官に話があるそうだ」


スルサーラ道を外れた森の一角に、佐々塚兵長と島野上等兵の入れられた四人用幕舎はあった。世話の必要から広く取られているのだと思えば状態の悪化をおのずと意識させられた。

「俺だけを残してください」

幕舎内には濃い血のにおいが漂っていた。軍毛布の上に腹這いとなった佐々塚兵長は呼吸も苦しげで、交換されたはずの三角巾とガーゼは血膿に浸っていた。

どう答えるべきか分からず北原は声に怒気を込めた。

「お前、隊長殿にも逆らったのか。まさか抗命をうそぶいたわけではあるまいな」

佐々塚兵長は取り合わなかった。割り込もうとする島野上等兵を「お前は口を利くな。傷に障る」と黙らせ、おもむろに北原へ視線を戻した。

「教官殿、この火傷はどうにもなりません。姿勢を変えることすらできない。俺が残ることに教官殿も反対はしないでしょう」

土屋中尉がどう言い聞かせたにせよ両名ともが残置を承諾しただろう。問題はあくまで島野上等兵の残置に佐々塚兵長が反対していることだった。

「返事をしてください。教官殿、俺が残ることに異論はありませんね」

自称に「俺」を使うのは一歩たりとも譲るつもりがないからである。「ない」と応じる北原に佐々塚兵長は満足げな表情を見せた。

「だったら話は簡単だ」

北原と当番兵で担架をひとつ担ぎ、島野上等兵を乗せればいい。火器をはじめとする他の荷物は土屋中尉に負担してもらえばいいとのことだった。

仰向けのままでいる島野上等兵が目尻に涙を浮かべた。

「自分にしても二週間以上は保《も》ちませんよ」

「いいや保つ。背負子でなければ傷に障ることはない。おそらく腸は無事だ」

「そのうち蛆がわきます」

「お前、俺に逆らうつもりか」

傷に障ることを恐れているだけではない。下級者の抗弁に佐々塚兵長は純粋に憤っていた。

「次に何かしゃべったらこの場で刺し殺す。本気だ」と押しかぶせた。

「だいたい、その程度の負傷ならコヒマから撤退してきた歩兵にも珍しくはない。蛆がわいたところで箸でつまめば済む。担架の上ではいい退屈凌ぎだ」

北原はひとつ直感した。佐々塚兵長はモンテーウィンに対してもこの有無を言わせぬ態度で当たったのである。投降せねば殺すと脅したのである。本気であると自分に言い聞かせて声に殺意を込めたのである。

島野上等兵は横腹を押さえながら落涙した。食い込んでいるのが手榴弾の破片であるならば担架に乗せられても相応の苦しみは避けられまい。

「教官殿、隊に復帰してもあなたが班の責任者であることに変わりはありません。一名でも多く生かす努力をすべきです」

「だったらお前も同じだろう」

「俺は残りたいのです。こんな恰好のまま二週間も三週間も雨の中を運ばれるなど拷問でしかない。背中全体に蛆がわく。肉を食われる痛みに呻吟《しんぎん》したあげく破傷風で死ぬだけです。たとえ隊に担送能力があっても俺は残ります」

佐々塚兵長はさらに言った。この森に入った最終便の傷病兵は七名である。明日にも熱の抜けるマラリア患者が現れるやも知れず、落命する者もあるやも知れない。

「だったら島野が加えられたところで大差ないでしょう。こいつは爆片を取り出しさえすればなんとかなります。衛生勤務者に収容される必要はありません。グクイム道に出たら軍医を捕まえて手術してもらえばいい。必要なら銃をつきつけるのです。教官殿、あなたが責任を取る覚悟を固めればできることだ。軍法会議にかけられても部下一名が助かるなら安いものでしょう。手術にはたぶん十分もかからない。虫垂炎《ちゅうすいえん》より簡単かも知れない」

「お前、そうやって我意を通すことが習い性になっているのか？」

捨て身で当たれば成るの考え方に変化はない。弁を尽くさねばならぬ自分を省《かえり》みれば大火傷がいっそう恨めしかろう。佐々塚兵長にとっては初めての経験に違いなかった。

「必要ならためらうべきではないでしょう」

インド兵へのとどめにためらいを見せなかったのも必要なことだからでしかない。実に簡単な理屈だった。

「モンテーウィンを逃がしたのも必要なことだったわけだな」

あと二時間もすれば隊が去る事実を思い、北原はためらうことなく質した。抗命を受ける不甲斐《ふがい》ない指揮官と勝手な判断で動く佐々塚兵長に最も迷惑を被ったのが島野上等兵とも言えるからだった。

モンテーウィンの件で肩身の狭くなった島野上等兵に、佐々塚兵長が負い目を感じていないはずがない。土屋中尉に逆らった最大の理由がそれであるとしても不思議ではなかった。

ところが、わずかに迷いの色をのぞかせたあと佐々塚兵長は否定した。

「教官殿はずいぶんと余裕のあるお人ですね。そんな頓珍漢《とんちんかん》なことを考えながら指揮を執っていたのですか」

「お前の差し金ではないというのか」

「そんなことをする必要が俺にはありません。モンテーウィンを不憫《ふびん》に思ったとでも言うのですか」

北原自身が不憫に思っていたことと、それを決して公言できないことを見抜いた上での問い返しだった。兵補に対する同情は戦のさらなる悪化を前提としており、もっと言うなら日本の敗戦を前提としていた。

「私物命令を出す者がいるとすればお前だけだ」

島野上等兵がいる限り腹を割れないと確信してか佐々塚兵長は嘲笑まじりにあしらった。

「そんな理屈で決めつけられてはかないませんね」

「モンテーウィンは自分で逃亡を決断できるような人間ではない」

「命がかかれば別でしょう。現に逃げたのですから」

「ではなぜやすやすと割り切ることができたのだ。連絡掛下士官の位置づけでありながらなぜ情報漏れを案じずにいたのだ。モンテーウィンが敵に回る恐れをなぜ抱かずにいたのだ」

「逃亡してくれてせいせいしたからですよ。視力聴力に秀でていようと配慮の必要な人間はわずらわしいですからね」

「そういうことだ。お前にとってモンテーウィンは配慮が必要な人間だったのだ。だからこそ酷使を避けるべく助言も寄越したのだ。消えてくれてせいせいするような存在ではない」

振り返ってみれば伝令に立てるよう求めたのも強引だった。モンテーウィンの心をより揺さぶるためでしかない。悪臭の漂うツンフタン部落と傷病兵に倦んだ兵隊の姿だけで効果はあったろう。

これは確かに陰で非合法に動く人間だった。見識が深いからこそ動くことに躊躇《ちゅうちょ》がないのである。

インテリを忌むようなあの目を寄越し、佐々塚兵長はそっと視線を外した。枕代わりの雑嚢に顎を乗せ、彼はやがて長い息を吐いた。アラカン山系の夜は冷えたが、こめかみには汗が筋を作り続けていた。もはや拭う動作にも激痛がともなうのだった。

「あいつの聴力が注目された経緯を教官殿はご存じですか」

「ざっと聞いた」

「ではなぜ大隊長殿の視察日まで注目されなかったのか分かりますか」

発声にも痛みがともなうのか「あいつは聴力を隠してたんです」と続けられた声はひどく小さかった。

「日本軍が初めてエニン村に現れたおり、いち早く爆音の接近を知らせたところが叱られたのだそうです」

ビルマ攻略戦の最中、エニン村で大休止していた部隊がモンテーウィンの発した警報に退避した。しかし現れたのは日本の偵察機だった。衆人環視のもとで叱られることになったモンテーウィンは以来警報を他人任せにしていたという。

「ちょっと叱られたくらいでしょぼくれる奴なんです。配慮が必要とはそういう意味です。身を案じてのことではありません」

「お前その話を誰から聞いた」

本人から聞いたものらしく、返ってきたのは無言だった。ようするに佐々塚兵長はモンテーウィンに活を入れたのである。トラックや隊友が削られていく日々にあれば、爆音接近を知らせないビルマ人に怒りを覚えぬわけがなかった。

なんにせよモンテーウィンが兵補となった陰に佐々塚兵長の行動があったのは確かである。戦が悪化するほどに佐々塚兵長は自責の念を強めただろう。

モンテーウィンを夜間警戒につける。北原がそう決めた時点で逃がす決心をしたのではなかろうか。だとすれば一日の猶予を欲したことも理解できる。失敗は許されない。堅実な段取りを整え、充分な覚悟をうながす必要がある。班員に気取《けど》られる恐れと敵に射殺される恐れがモンテーウィンに二の足を踏ませる。

渡河後の投降要領も指示されただろう。岸の警戒についている敵へは近づけない。最良は、物資輸送に当たっているインド兵やマルフ部落の住民に見つけてもらうことである。

むろん尋問にも備えさせねばならない。壕の位置すら知らないと答えさせねばならない。投降の事実を活かし、駄馬代わりに酷使されたと説明させねばならない。

「逃げねば殺すと脅したんだろ？」

「教官殿は思い込みが激しい。その癖は早めに直すべきです。部下が泣かされます」

横目でにらまれて北原は言葉に詰まった。食い下がる自分の醜さに気づかされたからだった。

佐々塚兵長の言動を把握したがるのは人を使う立場ゆえである。いずれ将校となって下士官兵を使う身分ゆえである。それは将来を念頭に置いているからであり、ことここに至っても捨て身になれないからである。

「ラングカンを警戒要員として使うくらいなら端からモンテーウィンを逃がしはしませんよ。違いますか？」

こめかみにまたひと滴《しずく》の汗を流して佐々塚兵長は雑嚢へ顎をつけ直した。背中の血膿は範囲を広げ続けていた。その臭いを嗅ぎつけた蠅がどこからともなく現れて北原は思わず目を伏せた。

アラカン山系の蠅はどうかすると日本の蠅の倍ほどもあり、負傷兵にとっては英軍機よりも恐ろしい敵だった。いったん狙いを定めれば執拗にまとわりつき、しだいに数を増やしていく。追い払う者はそのうち神経までを疲弊させる。

動きようのない佐々塚兵長は完全な無防備だった。北原の腕など難なくかわして蠅はそのつど羽音を立てた。

「教官殿、壕も必要ですからそろそろ歩兵に話をつけておいてくれませんか。蠅はいいですよ。疲れるでしょう。疲労軽減と体力回復は歩兵が強調していたことでもあります。俺も少し休みたい」

あの歩兵たちに輜重兵の意地を見せつけてやらねば気が済まない。そう重ねることで佐々塚兵長はそれ以上の問答を拒絶した。

歩兵との調整が必要だからこそ北原は四時間の仮眠で起こされたのである。最終的には土屋中尉の仕事になるとしても残置に瑕疵《かし》のないよう整えておく責任はあった。

手際の良いあの歩兵軍曹ならば面倒は起きまい。言葉遣いを改めていたからには輜重兵に対する軽侮も慎むことにしたのだろう。だからといって兵を切り捨てる見習士官にいい顔をするはずがなく、少なくとも罵倒は覚悟しておかねばならなかった。

佐々塚兵長とは結局それが最後になった。

幕舎を出る北原には一瞥《いちべつ》も寄越さず彼は雑嚢に頬をつけていた。その上を飛び回る蠅は二匹に増えていた。

10

やりとりされた言葉までを知りたがるとなれば尋常ではない。すべてを正確に覚えているはずがなく北原の返答はどうしても曖昧になり、そのつど英人大尉は食い下がった。

「あなたも手帳を使っていたはずです。読み返すことはなかったのですか。佐々塚兵長に関わることを書き留めた覚えはないのですか」

「あったかも知れませんが覚えてはいません」

「輜重兵にとってのスルサーラ道は学習の連続だったでしょう。ましてや見習士官のことです。部下掌握上の教訓も多く得たでしょう」

「ひとりの部下に関して何かを記述した覚えはありません」

手帳は武装解除前に処分した。収容所へ入るおりの所持品検査で引っかかると知れきっていたからである。実際日記を没収された者は多かった。

やむを得ないことだとしてもやりきれないらしい。英人大尉は忙しない視線を紙ばさみに走らせ、やがて緩慢な動作でタバコをくわえると北原にまた一本寄越した。

「北原少尉、あなたの顔にはさっきからこう書いてあります。この語学将校は何を探っているのか。一兵士の言動をなぜそこまで知りたがるのか」

「いぶかしく思わないほうがおかしいでしょう」

「ですが北原少尉、軍隊における実務の多くは末端の兵がこなすのです。子を見れば親が分かるように、兵を見れば軍が分かるのです。国が分かると言っても大げさではない」

北原の顔に不可解があらわであるとしてもわざわざ説明する必要はなかろう。単純な尋問でないことはすでに明らかだったが、そもそもの目的が尋問にはないような印象すら抱かれてならなかった。

揺さぶりの手管《てくだ》か、無言でタバコを何度かふかしたあと英人大尉は不意を突くように問うてきた。

「ジョゼフ・カールトン中尉からの手紙の内容を覚えていますか」

求められるまま北原はそらんじてみせた。紙をめくったあと英人大尉は重々しくうなずいた。

「やはり忘れられるものではなかったわけですね。むしろカールトン中尉のほうが思い出すのに時間をかけていましたよ。細かなところはともかく、あなたが憤慨する内容であることに変わりはありません」

戦犯容疑が言いがかりであることは承知しているとほのめかしているように聞こえた。より正確に言うなら、ほのめかしたがっているように聞こえた。

きつくなり始めたタバコを消して北原は溜息をこらえた。

戦犯に関しては冤罪《えんざい》の指摘される例が珍しくない。それでなくとも俘虜は呼び出し自体に恐怖を覚える。絶対的な立場を利用して俘虜の心をもてあそぶのがイギリスの将校であるならば、敗戦は痛恨の極みとしか言いようがなかった。

「安堵で心を摑むことにしたのですか？」

「勘違いしてもらっては困ります。事実がどうあれ、戦争犯罪を訴える人間がいれば容疑はかかるのです。第三者が信じるかどうかは別の話だ」

大きな煙を吐き、英人大尉はわずかに声量を上げた。

「言いがかりであろうと恐怖は覚える。ところがあなたは顔を一度強ばらせただけだった。態度をつくろっているわけではない。その証拠にあなたはわたしの言葉の端々から様々なことを嗅ぎ取ろうとしている。自分の命の危機をすっかり忘れている。なぜそんな真似ができるのか」

忌避感じみた色が表情を過ぎった。話が飛んでいるわけではない。英人大尉の思考はあくまで佐々塚兵長を中心に展開されていた。

「捨て身で当たれば成るとあなたは意識しているのでしょう。メモなどいらない。あなたは佐々塚兵長から学んだことを体現している」

アラカン山系から続いた悪戦苦闘の中で少なからずの将兵が一度は捨て身になったろう。捨て身とは悟りである。様々な俘虜を尋問してきた語学将校は似たような例に接しているだろうし、きっとそれこそが忌避感の根源だった。

「あなたの知見からすると佐々塚兵長は陰で動く人間です。傍目《はため》のないところで人を脅し、あるいは苦言を呈し、もしくは助言する。これは全体を見て動く人間の特徴です。各所への影響を常に考えているということです」

　もしかしたら国全体までを考えていたのではないか。社会の保護を受けた震災孤児であれば国家を親のごとく位置づけていてもおかしくはない。そんなことを独り言のように述べたあと英人大尉はまた唐突に話を変えた。

「あなたはなぜ相談を受けなかったのだと思いますか。モンテーウィン少年を逃がす相談です。相談しておけばもっと楽だったはずですし、あなたに無用な心労を与えずに済んだはずです」

「繰り返しになりますが、わたしはモンテーウィンの逃亡に佐々塚が関わっているとは思っていません。逃がす理由がないのです」

「ではここでも仮の話ということにしましょう。どうですか、ひとつ想像してみてください」

　頼りない見習士官に相談するわけがないと北原は応じた。素っ気なくはあったが無難な回答だった。

　英人大尉はろくに聞いていないように見えた。「わたしは思うんですよ」と言いながら足を組んだ。

「あなたがこうして尋問を受ける可能性まで佐々塚兵長は考えたのではないかと。戦犯うんぬんだけではない。モンテーウィン少年に関して尋問を受ける可能性まで考えたのではないでしょうか。日本の敗戦は嫌でも考えたでしょうし」

　淡々と重ねられる英人大尉の想像はほとんど北原の心の代弁だった。

「そう考えるとラングカンの件もより理解できるのです。戦中から言いがかりを使うイギリス人が戦後に使わぬわけがない。ならばラングカンを拘束したところで結果は同じだと割り切ったはずです」

佐々塚兵長は確かにそのようなことを口にしていた。島野上等兵もニューデリー放送から同種の想像を働かせていた。北原自身それらを前提とした荒唐無稽な想像までした。モンテーウィンを投降させるに際して何かしら言い含めたのではないかと考え、ラングカンを拘束したのも同じ理由によるのではないかと考えた。

「あなたは知らないでしょうが、指揮壕に拘束されたあとラングカンは尋問の続きを受けています」

佐々塚兵長とラングカンのあいだに交わされた会話までを知り得るとは思ってもおらず北原は体温の上がる感覚に包まれた。

もっとも、尋問自体は身上確認に近い内容だったようである。家族構成、スルサーラ道における暮らし向き、視力を主とした身体能力、これまでこなした戦争協力などを聞き出したという。

「いくらでも情報を搾り取れる状況でずいぶんとくだらない質問をしたものです。世間話に近い。いささか解せません」

「ラングカンの拘束後、佐々塚はずっと歩哨についています。ろくに尋問時間を取れなかったのです」

「ラングカンもそのように証言しています。だからこそいささか解せないのです」

家族や暮らし向きを訊くくらいならジョゼフ・カールトン中尉の隊について訊くべきである。

少しでも戦いを有利にしたいならそれが当然である。いささかと言いつつも英人大尉はひどく解せない面持ちだった。

「あなたもラングカンにいくつか質問していますね。ツンフタン部落へ向かうときです。覚えていますか」

「おぼろげにですが」

「あなたの質問も佐々塚兵長のそれと大同小異だったとラングカンは証言しています」

くだらない質問ばかりをしたのはなぜか。佐々塚兵長に代わって答えろとの含みがあった。

「英印軍に関することをラングカンがろくに知らないのは承知していたからです。幕舎に閉じこめられていると彼は語っていました」

「軍使に立てば何も知らないと答えるのは当たり前でしょう」

「それを偽りと指摘できるような材料をわたしは持っていませんでした」

その件では英人大尉は思いのほか淡泊だった。紙ばさみに視線を走らせるとまたしても話を飛ばした。

「あなた方はインド兵を埋葬しましたね。なぜですか。四名ぶんの穴を掘るのは苦労も大きかったはずです」

それは語っていないことである。あの歩兵軍曹を不必要に巻き込むまいとの意識が働いてのことだった。

果たして歩兵たちはどうなったのか。六の川で別れてそれきりである。この英人大尉は知っているだろうかと考えて北原はかすかに期待を抱いた。

「あの環境ではすぐに腐乱しますから」

「いずれ五の川を突破するジョゼフ・カールトン隊に見せるためでもあったはずです。衛生上の理由のみであれば墓標は必要ない。あなた方は敵の心を勘案しつつ戦っていた」

英人大尉はそれ自体を不審がっているわけではなかった。敵の心を勘案する者が兵力や火力を想像せぬはずがなく、ラングカンにろくな質問をしなかったのはなおさら解せないと言っているのである。

話を飛ばしているようで飛ばしていない。それは思うように核心へ踏み込めないことを示している。

偽りを述べたら殺すと言い、多忙の身を強調もした。それでいながら懸命に言葉を選び、慎重に質問を組み立てる。時間の過ぎるほどに脅し文句は効力を失い、英人大尉はすでにもどかしげな気配を放っていた。

尋問に対する純粋な厭《あ》きに押されて北原は問うた。

「戦犯容疑による尋問でないことをあなたはなかば明かしている。その上で真の目的を隠して尋問を続けるのは無理がありませんか。わたしのようなしがない最下級士官の何を警戒しているのです」

ここでも不快感のひとつもうかがえなかった。英人大尉は表情をわずかに緩めた。

「それも捨て身で当たれば成るの心から発せられた質問なのでしょうね。あなたのような日本人は非常に扱いにくい」

早くから打開策の思案はしていたのだろう。不意に席を立った英人大尉はドアを半分ほどあけて一声発した。ほどなく入ってきた下士官に「そこで聞いていてくれ」と告げると休めの姿勢を取らせた。

何が始まるのかと思いきや、椅子に腰掛け直すと同時に英人大尉はタバコを消した。そして出し抜けに英語で宣言した。

「北原少尉、この尋問の内容を口外することは許されません。口外したならわたしはあなたを殺します。スルサーラ道におけるあなたの部下もひとり残らず殺します。理解できましたか。イエスかノーで答えなさい」

必要な儀式なのだろう。イエスと答えるよりない北原を見届けてから英人大尉は下士官を退がらせた。

「儀式ではありません。本気です」

語学将校にも惜しまねばならぬ名がある。守らねばならぬ体面がある。その気苦労の一端はイギリス人というものの印象すら変えかねないほど北原には新鮮だった。

頭を整理してか英人大尉はより慎重な表情になった。またタバコに手を伸ばし、中空を見つめながら煙をひとつ吐き、やがて奇妙な質問を口にした。

「今年の八月十四日、あなたはどこで何をしていましたか」

戦争終結が本決まりとなった日である。自動貨車大隊はすでにテナセリウム地区にいた。ビルマとタイを繋ぐ兵站線は空襲を受けつつも機能しており、大隊は輸送任務の中核を担っていた。

「つまり恒常的な任務を続けていたわけですね」

「それが何か」

「同日、我が軍の将兵は狂喜しました。戦いに勝った。すぐに戦闘停止命令が出る。死の恐れがなくなる。興奮のあまり勝手に祝砲を上げる隊もありました。空へ向けて手持ちの火器を乱射し始めたわけです。それがひとつの事件を引き起こしました」

紙ばさみが机の隅に追いやられ、代わりに灰皿が引き寄せられた。尋問は完全に様相を変えていた。灰を落としながら英人大尉は片肘をつき、窓外へ顔を向けた。

「あるインド兵が直属の上官である英人将校を射ちました」

人の集団であるからには英印軍でも恨みつらみは生じる。人を殺傷できる道具を持っていれば使用する者も現れる。だからといって英人大尉が口にした例が異常であることに変わりはない。郷土への凱旋《がいせん》と家族のもとへの生還が確定した日のことである。

「幸い、射たれた将校は一命をとりとめました。インド兵は逃げもせず、その場で捕縛されました。軍務に可不可のない凡庸なインド兵です。人生最良の日とすら言える八月十四日に彼はなぜ凶行に出たのか。なぜ名誉も苦労もなげうってしまったのか。北原少尉、分かりますか」

分かるのは北原と無関係ではないということ、つまりはスルサーラ道にいたインド兵と英人将校であるということだけだった。

「溜め込んだ鬱憤だけならインド兵も凶行には出なかったでしょう。英人将校は最悪の間《ま》で最悪の言葉を発してしまったのです」

祝砲の光と音の中で英人将校はこう叫んだという。

さあ、あのスチューデントを縛り首にしてやるか。


反英の心を隠し持っている点でインド人はビルマ人と同じである。なかんずく植民地軍では精神教育に力が割かれているだろう。宗主国の将校を射つに至った理由はとても曖昧にできない。インド兵は厳しい取り調べを受けることになった。

「くだんのインド兵は動機としてある出来事を語りました。被弾に苦しむ瀕死の友を日本兵が楽にしてくれた。ところが英人将校はそれを処刑と断じたというのです」

五の川右岸での光景が改めて思い出された。ためらうことなく引鉄をしぼった佐々塚兵長を始め、丁重に亡骸を運んだ班員たちの姿も記憶に強く残っていた。

処刑と断じられた瞬間ジョゼフ・カールトン隊においては処刑が事実となった。双眼鏡で、あるいは肉眼ですべてを見た者たちも、とどめの了解をなかったことにした。八月十四日の英人将校の発言がなければそのままだったろう。すなわち北原は戦犯として縛り首である。

「あくまで衝動的な発砲です。事故扱いになるのではないかと思ったときには銃口を向けてしまっていたそうです」

「そのインド兵をあなたも取り調べたのですか」

「わたしは事件に関与できる立場ではありません。日本軍の関わることですから話は聞きましたがね」

英人大尉も命令を受けて動く人間である。インド兵の動機を上がよほど深刻に受け止めたのである。ややもすると敵軍将兵を守るための捨て身だった。

「スルサーラ道で戦った他のインド兵数名からも話を聞きました。そしてわたしは非常に興味をひかれた。特にモンテーウィン少年の投降です。インパール作戦では日本兵の投降事例もありますからそれ自体は驚くようなことではない。引っかかったのはあくまで方位磁針の不所持です。慎重を要する投降にあって方位磁針の不所持は無謀とすら言え、全体的にちぐはぐな印象を拭えませんでした」

日本兵から方位磁針を与えられたのではないか。だとすれば投降を命じられたのではないか。では命じたのは誰か。

英人大尉は部下のひとりをモンテーウィンのもとへ飛ばした。

「イラワジ会戦を経て中部ビルマが治安上の安定をみたときモンテーウィン少年はエニン村へ帰されました。それまで彼は我が軍で雑役を務めていたそうです」

投降直後はジョゼフ・カールトン隊で使われ、その後はビルマ人労務者のひとりとして後方の隊で使われたという。兵補であったことを隠し通したまま終戦を迎えたのである。

それはおそらく佐々塚兵長が思い描いた最良の結果だった。英人大尉が動くことがなければ何の問題もなかったろう。

「わたしの部下に対してもモンテーウィン少年は自分の意思で逃げたと繰り返しました。方位磁針は持たず勘に頼ったの一点張りです。戦中に受けた尋問ですっかり答えをそろえてしまっていたのです。まったく迂闊な尋問をしてくれたものです」

迂闊な尋問をしたひとりだろうジョゼフ・カールトン中尉はモンテーウィンに対して特に不審を抱かなかったという。

「それもこれもモンテーウィン少年がずっと恨み言を口にしていたためです。日本軍は血も涙もない。自分は中部ビルマのエニン村から力ずくで連行された。難道で駄馬代わりに使われた。そんな内容です」

ジョゼフ・カールトン中尉にとっては願ったり叶ったりの証言である。日本軍に対する敵愾心《てきがいしん》を煽りインド兵の士気を鼓舞する人材としてモンテーウィンはしばらくその手元に置かれた。

「投降したからには日本軍を誹謗するのは当然としても、わたしの部下に対しても同じ恨み言を述べるとはただごとではありません。戦争はとうに終わっています。だいたいからして他人を悪く言うビルマ人が珍しい。北原少尉、あなたは他人を悪く言うビルマ人を見たことがありますか」

ない。そんな例があれば忘れようがないほどビルマは道徳の行き届いた国である。

「もちろん例外はあるでしょう。ましてや戦争では人の生き死にが関わる。したがってわたしはひとまず勘で判断しました。モンテーウィン少年は今も命令を守っているのではないかと」

方位磁針の不所持から始まった違和感の到達点がそれなのだった。尋問の目的がどうにか理解されて北原はそっと息を呑んだ。

日本軍を探っているように見えてビルマ人を探っている。日本軍と深く関わった者の心を探っている。

むろんモンテーウィンに限った話ではあるまい。上は大佐、下は上等兵までを尋問したと誇示する英人大尉は、戦争中からこの職務に従事している。英印軍の占領域に進出しては捕虜から情報を集め、反英住民と親日住民を調べ上げ、もってビルマ人の心を把握し、安定的統治に貢献してきたのである。

イギリスに敵対行動を取った住民の銃殺例なら戦前からある。戦争により露骨となった反英感情を逆用し、反抗が再び芽吹かぬよう潰して回る。それは反英ゲリラに関する情報収集よりも深い、恒久的再支配のための職務である。ビルマの独立などイギリスは許すつもりがない。

「モンテーウィン少年に対するわたしの印象は兵士に近い。少なくとも本人は日本軍の一員のつもりであなたの隊に属していたと考えるべきです。彼は兵補だったのではありませんか？　だから軍衣袴を与えられていたのではありませんか？」

逃亡防止策として軍衣袴を着せられたとの弁は、まず確実に佐々塚兵長が考えたものである。北原がそこに隠蔽の勇気を得たことも英人大尉は見抜いているように思われた。

エニン村では村長以下の住民からも話を聞いているだろうし、ここで否定すれば自隊の誰かがまた尋問を受けると知れきっていた。それでも肯定がためらわれるほど北原は英人大尉を恐ろしく感じた。ずっと搦《から》め手から攻められていたのである。

「北原少尉、この尋問におけるあなたの受け答えもモンテーウィン少年が事実上日本軍の一員であったことの傍証です。あなたはスルサーラ道での経験と知見を確かに一通り語った。ですがモンテーウィン少年に関することには明らかに偽りを交ぜていた。使役要員としか語らなかった」

このまま偽り続けるのは賢明ではないとの言葉をはさんで英人大尉は婉曲な脅しを使った。

「反英ゲリラは主に日本軍の銃器を使っています。彼らのことごとくは人畜無害の百姓を装っている。ゲリラがひとりいればその周囲には予備軍が十人はいるのが通例です。イギリスに対する悪感情が生活圏にあるからこそゲリラは生まれるのです」

「モンテーウィンは違います。おとなしく、物静かで、気の小さな少年です」

「しかし兵補だった。それをあなたは隠そうとした。そうですよね？」

「隠そうとしたことはお詫びします。ですが反英ゲリラがどうのといった理由のためではありません。仮に佐々塚が勧めたのだとしても本人にその意思がなければ逃亡はあり得ません。アラカン山系に入って以来、モンテーウィンは意気消沈を深めていました。日本軍への協力を後悔したからこそ彼は逃げたのです」

妙な疑いをかけられるだけでモンテーウィンには深刻だろう。エニン村全体から疎《うと》まれかねない。英人大尉の部下がエニン村を訪ねたのは反英ゲリラを育《はぐく》む要素を探るためでもあるはずだった。

モンテーウィンがとりわけ聴力に優れていたことと、それにより将兵の目に留まったことを北原は語った。

「言うなれば成り行きでしかありません。トラックに乗せられているうちに兵補のようになっただけの少年です」

「ではなぜ佐々塚兵長が逃がしたことを隠そうとするのですか」

言葉を選ぶ必要がなくなれば英人大尉は無遠慮だった。語学将校の本領に違いない。これ見よがしに腕を組むと北原の小細工をひとつ暴いてみせた。

「部下の抗命という大きな恥をあなたは隠さなかった。兵補が逃げたくなるような雰囲気が班や隊にあったとほのめかすためでしょう。自分には人望がなかったとほのめかすためでしょう」

北原の偽りやごまかしを把握するためにこそメモは録られてきたのであり、英人大尉は明らかに観念を迫っていた。

「佐々塚兵長が逃がしたのではないかとの疑念をあなた自身が当時抱いたはずです。あなたの言うとおりモンテーウィン少年は気が小さい。逃亡と投降には誰かの強要があったのではないかと想像しないわけがない」

「想像はあくまで想像です。佐々塚が逃がしたと確信を持って言えることではありません」

「負け戦の中でビルマの少年を逃がす。これは、事実だけを取ればまごうかたなき人道的行為です。確信がなかろうと部下の行いであろうと、民間人虐待の容疑をかけられたあなたならば進んで語りたいはずです」

ところが隠すことを選んだ。ひとつでも偽りを述べたら殺すとの脅しを受けても偽ることを選んだ。

「すべてはモンテーウィン少年を守るためですね？」

語学将校の本領が発揮されているだけではない。元来イギリス人は狡猾《こうかつ》なのであって、ジョゼフ・カールトン中尉にすらしてやられた北原が語学将校に太刀《たち》打ちできる道理など端からなかったのである。戦犯容疑を額面通りに受け取った自分の浅はかさが呪わしくてならなかった。

「結局はあなたも佐々塚兵長と同じなのです。さらには土屋中尉も同じなのです」

モンテーウィンを逃がしてラングカンを拘束することに矛盾などなかった。ラングカンも対日協力の過去ゆえに対英協力せねばならなかった人間である。

日本の敗戦やジョゼフ・カールトン中尉の性分を考えただけではなかろう。佐々塚兵長はイギリスのビルマ再統治までを考慮したのである。おかげでラングカンは日本軍の非道を強調するひとりとなってジョゼフ・カールトン中尉を喜ばせた。死んでも惜しくないとみなされていたところが失いたくない人間になり得た。

それは言うまでもなく自力での逃亡があって初めて成立することである。つまり土屋中尉はラングカンを適当な森に放り出したことになる。

「お前の拘束を命じたのは俺だ。土屋中尉はラングカンにわざわざそう告げたそうです」

モンテーウィンが逃がされたことにも気づいていたのだろうか。だからこそ六の川で佐々塚兵長の言葉に耳を傾けたのだろうか。命をもって時間を稼ぐことが佐々塚兵長の罪滅ぼしであることも承知していたのだろうか。

「素直に受け止めれば全体の絵を土屋中尉が描いた可能性も否定できない。あなたの班に下士官がいなかったのは佐々塚兵長を動きやすくするためかも知れない。ですがあなたの弁からは意思統一のにおいが感じられない。対日協力住民を可能な限り救うべく三名がおのおのの判断で動いたようにわたしには思えてならない。ゆゆしきことです」

地に落ちたはずの日本軍の名が英再統治を迎えた民間人の中で保たれている。現在のモンテーウィンやラングカンの様子から英人大尉がそう判断したことは疑いようがない。自動貨車大隊への関心が高まるのも当然だった。

今現在の知識をもってスルサーラ道の戦いに戻れるなら。

下衆《げす》の後知恵を承知でそんな想像を巡らせたとき、佐々塚兵長に対する畏怖が強まるのを感じた。

表情が動いたのだろう。英人大尉は北原の心を読んでみせた。

「佐々塚兵長はこう考えたのではないでしょうか。日本軍はどのみちあらゆる形の戦犯容疑をかけられる。言いがかりもでっち上げも甘受《かんじゅ》を強いられる。その悪評をビルマ人の自衛に利用させぬ手はない。ビルマ人が守られさえすれば内地の人々にもいずれは恩恵がおよぶ。みなしごに慈悲の心を寄せてくれた人々がいくらか救われる。ビルマが再び独立を果したときに」

否定せねばならなかった。

「考えすぎです。あなたのほうこそ勘ぐりすぎているのです。いえ日本人を買いかぶっているのです」

「ではなぜ佐々塚兵長はそこまでしたのだと思いますか」

「あなたの想像するようなことを佐々塚が行ったとはわたしには思えません。佐々塚は単なる兵隊です」

「胆力に秀でた人間です。確かな義務教育を受けた人間です」

英人大尉は視線を外そうとしなかった。自分を偽らぬほうが良いとの圧力が込められていた。

逆に心を代弁するつもりで北原は返した。

「戦後の暮らしまでを視野に入れた行動などモンテーウィンやラングカンによほど情を寄せていなければ出来ないはずです。違いますか」

違わないからこそ英人大尉は国家や教育に答えを見出そうとしているのである。むろん、それですべてが腑に落ちるわけではあるまい。半分正解というのが偽らざるところではなかろうか。

北原を見据えたまま初めて不快げな表情を見せた。

「それだけの情はあり得ないと言い切れますか？」

「言い切れます。誰に聞いても答えは同じでしょう。モンテーウィンはともかく、ラングカンと接した時間はわずかなのですから」

事実である以上、構える必要はなかった。じきに英人大尉は視線を外した。

「佐々塚兵長の行動原理がどうあれ、モンテーウィン少年が感謝していることは確かです。それはモンテーウィン少年の家族が感謝しているということであり、エニン村が感謝しているということです」

スルサーラ道で逃げていなければモンテーウィンは傷病兵を担送しつつアラカン山系を離れることになっただろう。

問題はその後である。

自動貨車大隊が中部ビルマから退く際に兵補を解かれるとしても、やがてエニン村へ進出する英印軍は敵性住民の摘発にかかる。兵補であったことが発覚すれば不穏分子とみなされ、進出部隊の性質によっては処刑される。

どう考えてもスルサーラ道しかなかった。

敵との虜接《ふせつ》中しか逃亡の機会はなかった。

きっとエニン村の人々も同じ認識でいる。

「エニン村はモンテーウィン少年の過去を封印していました。わたしの部下は隣の村でカマをかけ、日本軍のトラックに乗り込んでいたことを聞き出しました。日本人も扱いづらいですがビルマ人も非常に扱いづらい。ひとりの人間のために村全体が面従腹背の姿勢を見せるのです」

「今になってあなた方がいろいろ嗅ぎ回っても裏目に出るだけでしょう。日本軍を裏切って英印軍に協力した。その実績があるビルマ人にあらぬ嫌疑をかければ村や地域を丸ごと敵に回しかねない。少なくとも反感は買う」

「警告のつもりですか」

英印軍も英官憲も裏目に出る危惧は抱いているだろう。結局のところ心を摑まぬ限り反英感情は抑えられないし、独立運動に再び火がつくのは目に見えていた。

「まさかとは思いますが、敵性住民の濡れ衣をすでに着せているわけではないでしょうね」

「場合によってはそうなるでしょう」

「なぜです。日本軍に協力した住民などそれこそ数え切れないほどいます。そのことごとくを疑えばビルマ全体を敵に回すだけでしょう」

「場合によってはです。わたしもモンテーウィン少年がこの先ずっと百姓として暮らすことを疑っていません。あなたがモンテーウィン少年を気にかけていると確信できたからには簡単に割り切るわけにいかないだけです」

尋問にはなお別の目的があったことを北原は直後に知ることとなった。他でもない、取り込みである。

「そういうわけですから、あなたには協力をお願いしたいと考えています。描くともあなたはビルマ語での意思疎通と英語での意思疎通ができる。我々はそうした日本の将校を欲しています」

イギリスの将校はやはり一筋縄ではいかなかった。やたらとネプチューンを寄越したのも、自軍の恥や自身の心をさらしたのも、それがために違いなかった。

「なんの協力かはひとまず訊かないでください」

「ではお断りします」

「断ることはできません。モンテーウィン少年の存在がある限り」

少なくとも佐々塚兵長はモンテーウィンの平和な戦後のために動いた。その遺志をあなたが踏みにじれるわけがない。そんな指摘が続くに至って北原は怒りよりも呆れを覚えた。

「語学将校とはずいぶんと見下げた人種ですね。人質としてのモンテーウィンの価値が喜ばしくてならないわけですか。テナセリウム地区まで足を運んできた甲斐もあったというわけですか」

「北原少尉、あなたも無用な血の流れることを好まないはずです。特にビルマ人の血は」

「まるでジョゼフ・カールトン中尉のような言いぐさだ」

「あなたが戦犯容疑に怯える人間であればモンテーウィン少年を持ち出す必要はなかったのです」

ビルマ人に根強い反英感情が深く納得された。人の和を大切にし、穏やかな性分のビルマ人が、ことイギリスに対しては抵抗をやめなかった。百二十年ものあいだ闘争をやめなかった。日本軍に協力的であったのもその過去によるところが大きい。

「また近いうちに来ます」

俘虜の心を見誤らぬ語学将校は引き際の見極めも誤らなかった。革鞄から取り出した一箱のネプチューンを北原に押しつけ、代わりに英和辞典をしまった。

「あなたの協力を得るためだけではありません。自動貨車大隊とのよすがをわたしは大切にしたいと考えています。ビルマ方面軍の直轄部隊であった貴隊は、ビルマ人に対する影響の度合いが歩兵部隊よりも明らかに大きい」

閣下と呼ばれるような人物の命令ならばいざしらず、無名の一兵士の命令がいまだに守られている。そう確信しているからには当然の思いなのだろう。同様の例がいくつあるかと想像すれば英人大尉は気が遠くなるはずだった。

「英語力を調べられたと部隊には答えておいてください。今後を考えると都合がいい」

戦争が終わってなお敵意を拭えぬイギリスに協力し、部下を殺した英印軍に協力することになる。北原の心を英人大尉はいかにも読んでおり、「何か訊いておきたいことがありますか」と質すことで持ちつ持たれつをにおわせた。

質問内容の予測もついていたのではなかろうか。「スルサーラ道で捕虜はありましたか」と問う北原の目をひとときを見据えると、どこか恩着せがましく答えた。

「そうした話はありませんが、瀕死の日本兵が処刑されたような例もありませんから安心してください。発見された亡骸はインド兵の手で丁重に葬られました。これはジョゼフ・カールトン中尉を殺そうとしたインド兵の証言です」

スルサーラ道において北原は五名の部下を失った。佐々塚兵長を含む四名は最期すら確認できぬままである。

丁重に葬られた。

それが手管であるとしても、あえて口にされたことには感謝せねばならなかった。退室をうながされて北原は腰を上げた。

「佐々塚兵長を六の川に残置するおり、あなたは淡い期待を抱いたでしょう。佐々塚兵長が進んで捕虜になることはないとしても、たとえば攻撃準備射撃の砲弾で意識を失うことはあり得る」

むしろ担送を強行するよりも生き残れる確率は高い。すべての責任が北原にあるとジョゼフ・カールトン中尉が口合戦で明言し、それを多数のインド兵が聞いた以上、佐々塚兵長が捕虜処刑の罪に問われることはない。そのような期待が働いたのは事実だった。

身分上抱いてはならない、敗戦を前提とした期待である。

身分と建前を捨てきれない北原に対して、敗戦を前提としたモンテーウィンの処置など佐々塚兵長が相談できるわけがない。敵の心を探りながら戦ったスルサーラ道で部下の心を把握しきれなかった自分を思うと北原はより恥じ入らねばならなかった。

「あなたのことです。スルサーラ道で共に戦った歩兵のその後も気にかけているでしょうね」

職務のついでにそちらも当たっておく。連隊は分かっているから収容所もすぐに分かるとの言葉が続いた。貸しのつもりなのである。間違いなくこれは日本で暮らした経験を持つ人間だった。

歩兵軍曹の兵団が終戦をサルウィン河口付近で迎えたことは分かっている。イラワジ会戦のあと長く苦しい転進の果てにたどりついたのである。

第一線に立つ歩兵のこととなれば生きて終戦を迎えられた確率は決して高くない。

11

カンテラを手に歩兵軍曹を訪ねたのは佐々塚兵長との話を終えた直後である。その壕や傷病兵の幕舎も含めた全体がひとつの露営地だった。歩哨についているのは傷病兵のひとりで、「ちょうど班長殿を起こす時刻です」と取り次いでくれた。

時間と体力の不足ゆえ指揮壕は五の川のものよりも簡素だった。掩蓋を開けて出てきた歩兵軍曹はカンテラに目を細めただけで特に驚きはしなかった。

「見習士官殿ですか。ご苦労さんです」

「少し話がある。いいか」

「払暁が兆すまでなら」

払暁までしか時間がないのは誰もが同じだった。「中で待っていてください」と言い置き、歩兵軍曹はいったん川の方向へ消えた。横穴もない壕にはぞんざいな簀の子だけが敷かれていた。

「もう霧が出始めています。このまま無風が続くよう祈りたいところです」

戻ってくるなり歩兵軍曹はタバコをくわえた。カンテラで火を点けると泥に構わず簀の子に座り込んだ。

「来てくれて手間が省けました。俺も起床後に訪ねようと思っていたので」

敵の使った妙な兵器を詳しく知りたいという。とりわけ気になるのが有効射程だろう。見聞のすべてを聞かせるとうなり声がひとつ返ってきた。

「それほど扱いやすい兵器ならいきなり持ち出されるかも知れませんね。ここくらいの川幅ならさぞ使い勝手がいいでしょう」

「話には聞いている兵器だとか貴官は言ったな」

「あくまで風聞です。北の米支軍がそうしたものを使っているとか」

後送される負傷兵からの伝聞であるらしく、インパール作戦の発動前に耳にしたとのことだった。

「しかし見習士官殿がぶつかったものはまた別のような気がします。弾が弧を描いたとなればどうしても擲弾が連想されるところです。弧はどの程度のものでしたか」

「すまん。それは確認しなかった」

目撃した上等兵は死んだ。骨さえ拾えなかった。たとえ息のあるうちに敵が収容したとしても状況からすれば助かるまい。

「とにかく弾着とともに大きな炎が広がる。一瞬のこととはいえ、かなりの高熱だ」

佐々塚兵長の有様を思い起こすと今さらながらに自分が人でなしに思えてきた。残置を本人が望み、かつ担送不能の言い訳が利くだけに、よけい人でなしに思えてならない。状況に流されるだけの者が人の上に立って良いはずがなかった。

「確かにあの大火傷からすると熱はただごとではありませんね。ここでの抵抗も一撃にとどめておくべきでしょうか」

歩兵軍曹は簀の子の隙間に吸い差しを押し込んだ。用件の見当はついていたようである。佐々塚兵長の残置を切り出し、壕のひとつをあてがうよう求めると、表情も変えずに問うてきた。

「佐々塚本人は承知してるんですか」

「承知してくれている」

取り戻した体力は気休め程度だろう。カンテラに浮かび上がる歩兵軍曹の顔色はやはり傷病兵のそれと変わりがない。五の川からここまでの間に四名もの部下がマラリアに倒れたのだから本人も覚悟はしているはずである。「むしろ佐々塚なら希望したでしょうね」と同類に対するような口調になった。

「ああいう兵隊がここで残置を選ばなければ逆におかしい」

「まるで性分を把握しているような口ぶりだな」

失笑が返ってきた。一度顔を伏せたあと歩兵軍曹は説明した。

「五の川からの後退中にちょっと話をしただけですよ。話というより口論ですが」

「乾パンを渡しに追いかけたときか」

「それは口実です。あの野郎は俺に食ってかかったんです」

そうした想像をまったくしていなかった自分を知られるのは情けないことだった。蚊を払う動作にまぎれて北原は目を逸らした。

歩兵軍曹の真正面で仁王立ちになると佐々塚兵長は開口一番こう言ったという。

あんたも下士官ならそれなりの態度でいろ。

「見習士官殿に対する態度が気にくわなかったようです。えらい剣幕でしてね、俺はすっかり呆気にとられました。歩兵がだらしないから輜重兵が直接支援に来たのだ。それを無礼な態度で迎えたあげく侮辱してはばからないとはどういうつもりだと摑みかからんばかりでした」

相手は歩兵である。場合によっては半殺しにされかねない。事実、立腹した歩兵のひとりが摑みかかったらしい。ところが佐々塚兵長はわけなく突き飛ばして啖呵《たんか》を切った。

病兵同然のお前らを叩きのめすのは良心が痛む。文句があるなら体力が回復してからかかってこい。

「あれには参りました。それでなくとも正論です。俺は早々に落としどころを探りました」

歩兵にしてみれば体力も惜しかったろう。多少の罵《のの》り合いを経て「再戦」の運びになったもののようだった。

「捜し出して必ず殺すと俺の部下が言うと、あの野郎は自分から名乗りましてね」

輜重兵にもずいぶんと骨のある奴がいる。あれなら英印軍に通用するのではなかろうか。そんなことを語りながら歩兵たちはスルサーラ道を退がったという。

「見習士官殿、だからといって心配は無用です。根に持つような者は俺の分隊にはいません。佐々塚が残ることを知ればむしろ士気が上がるでしょう」

自分がとんでもない過ちを犯したような気がして北原は返す言葉を失った。敬語を崩さぬ歩兵軍曹が心の底から反省しているのは確かめるまでもないことだった。

霧の残っているうちに佐々塚用のタコツボを掘る。位置などの判断は任せてほしいと歩兵軍曹は続けた。体力が落ちたあげくに四名となった分隊では口で言うほど簡単ではあるまい。

「妙な兵器なりが直撃しなければなんとかなる程度に整えますよ」

北原はひとつ求めた。

「佐々塚はあてがわれた壕から生きて出るつもりがない。陣地の放棄に際してはためらわず見捨ててよ」

「では現時点をもって佐々塚は俺の指揮下に入るということでよろしいですか」

その確認の意味するところは明白だった。もう顔を合わせぬほうがいいと言っているのである。

北原の顔はおそらく見られたものではなかったろう。部下の置き去りに割り切りなどつけられるはずがなく、割り切ったふりをしたところで歴戦の下士官に通用するはずもなかった。

＊

どのような形で英印軍に協力することになるのか。その答えは中隊長への報告時にほとんど出た。

中隊長は将校宿舎の定位置であぐらをかいていた。やはり戦犯容疑を危惧していたらしく、北原に向ける表情は険しかった。英語力を確かめられただけであると説明してもそれは変わらず、かえってむずかしげな色が加わった。

「おそらく貴官は将校としての値踏みを受けたのだ」

英語のできる者ならいくらでもいる。重要なのは少尉という階級であるとの推測がなされた。

「ゲリラ出没域への巡回に使うつもりだろう。反英ゲリラは我が軍の将兵を射たぬと言われる。将校であればなおのことだ。煎じ詰めれば英印軍は貴官を弾除けにするつもりでいるのだ。ビルマ語の程度は調べられなかったか」

今後を考えて北原はとっさに偽った。

「簡単にですが調べられました」

「ならば間違いない。襲撃を受けた際には軍使にも立てられるだろう。最下級士官であれば射殺されても影響は知れているというわけだ」

次の呼び出しで巡回への同行が明らかにされたら直ちに報告しろと中隊長は言った。厳命の口調だった。抗議するつもりでいるのである。

英印軍を本当の意味で恨んだのはそのときかも知れない。モンテーウィンを人質に取られた事実もさることながら、上官を偽らねばならないことが北原には耐えがたかった。

「お気遣いありがとうございます。しかしながら中隊長殿、そういうことでしたらわたしはむしろ志願したいところです。イギリスはまた武力でビルマを押さえるつもりでいます。反英ゲリラがいかに戦おうと結果は見えていると言わざるを得ません。軍使に立てられたなら今は堪え忍べと言い聞かせ、日本人も捲土重来《けんどちょうらい》を期すことにしたと言い聞かせます」

モンテーウィンを守りに使った自隊には英印軍をそしる資格などない。口にこそせぬものの中隊長にも後ろめたさはあるはずだった。その手がビルマタバコへと伸びるのを見て北原はネプチューンを差し出した。

「語学将校からです」

英印軍にも多少は人の心があると示す形になった。「一本だけにしておこう。貴官の苦労の証《あかし》だ。小隊員に分けよ」と言いつつ中隊長はつまんだ。

「で、その語学将校はどんな男だ」

「ジョンブルとしか表現のしようがない大尉です。紳士的な雰囲気をまとい、完璧な日本語を使います」

「勤務地がどこであるにせよ、そうした将校をテナセリウム地区にまで寄越す以上は護衛がつけられているだろう。移動と宿泊の手間から推しても気まぐれではあるまい。目的は貴官の値踏みだけではないのかも知れん」

　中隊長の巡らせる想像はあくまで英印軍のゲリラ対策を中心にしていた。

「この収容所にもゲリラの接触情報があるとみなしておかねばなるまい。物売りと接触する兵には注意を与えておけ。とりわけ島野兵長と梅本上等兵だ」

　痛くもない腹を探られてはかなわない。語学将校の目的が収容所でのスパイ確保にある可能性も否定できない。いずれにせよ警戒するに越したことはなかった。

　島野兵長と梅本上等兵は複数の物売りとすっかり馴染みになっている。外界の情報を集めるのに懸命なのだった。

「ご心配をおかけして申し訳ありません」

「貴官の覚悟も含めて大隊長殿には俺がご説明にあがる。さぞ疲れたろう。嫌でも戦犯容疑が案じられただろうからな。日夕点呼《にっせき》まで涼んでいろ」

　宿舎を辞去したおり北原は英印軍をまたひとつ恨めしく思った。むしろ疲れたのは中隊長だろう。予測が利かぬという意味で戦犯容疑は辻斬りに近い。

　冤罪が珍しくないからには当該者の人格や人望は無関係である。いざ誰かが呼び出しを受ければ隊の全体が不安にかられる。英印軍はそれをなんとも思っていない。反感の広がりも気に留めていない。むしろ俘虜をおびやかすのに具合がいいと考えている節がある。

　あの英人大尉も脅し文句としての戦犯容疑を使い慣れていた。しょせんは命令で動くだけの人間であり、平服で接すればひとりの紳士でしかないとしても、モンテーウィンを人質とすることに胸を痛めた様子すらなかった。

中隊長の想像が当たっているなら北原は盾にされる。英印軍から見れば失っても惜しくない手駒である。ところが情けないことに、北原自身は心の奥底でそれを歓迎していた。

縛り首はない。

紙一重で命が繋がる。ジョゼフ・カールトン中尉を射ったインド兵は言うにおよばず、佐々塚兵長にも命を繋げられた。瀕死のインド兵に歩み寄った佐々塚兵長があきらめの表情を見せたことで北原は迷いを振り切ることができた。あのとき対岸からは何名くらいのインド兵が視線を注いでいただろう。

気の滅入る想像が直後に働いた。

ジョゼフ・カールトン中尉を射ったのは五の川放棄直後に遭遇したあのインド兵ではなかろうか。疲労困憊していたことや方位磁針を手にしていたことよりも、北原の紅顔を覚えていたことで発砲をためらったのではなかろうか。

事件の発生が八月十四日である。どこの軍隊も軍法会議の結審は早いし、上官殺害未遂の罪が軽かろうはずはない。まず確実に刑は執行されている。

収容所はサルウィン河の支流のほとりに設けられている。架橋に必要な人員を一時的に収めているに過ぎず、飯場と呼ぶほうが正確だろう粗末なものである。

直接架橋に当たっているのは工兵で、自動貨車大隊の使役は支援の域を出なかった。操縦技術に優れた者が運土車を転がし、他は土嚢と材木の運搬のみと言って差し支えない。

戦争中よりも楽な日々である。張られている鉄線は形ばかりで、管理に当たる英兵やインド兵も細かなことは言わない。おかげで近在のビルマ人は使役の終わる頃を見計らって堂々と近づいてくる。

鉄線越しに始まる物々交換はどこかのバザールを思わせる。俘虜は鉛筆や手拭いをタバコや果物に換え、日を追うごとに素寒貧《すかんぴん》が増えていく。ちょろまかした針金などで何かしらの製品を生み出す者は、このところすっかりもてはやされていた。

その過程で入ってくる情報には、確かに反英ゲリラに関わるものが目立つ。多くは英印軍の小部隊が銃撃されたというものだった。事実のほどは分からない。テナセリウム地区はビルマの南東部に位置する片田舎で、届く風聞の真偽などビルマ人にも分かりようがない。提供される話題のほとんどは客寄せが目的だった。

物々交換が終わり、やがて支流での沐浴が始まる。北原にとってそれは下士官兵と個人的な会話のできる時間でもあった。英印軍は俘虜の身分をきっちりと分け、かつ将校には使役を課していないのである。

立場をさほど意識せずに済むという点でも沐浴中は具合がいい。越中《えっちゅう》褌《ふんどし》一丁になって川へ入る島野兵長を確かめて北原は手拭い片手に歩み寄った。

「調子はどうだ」

「いかがでしたか。呼び出しを受けたと聞きましたが」

横腹の傷痕はいくらか目立つもののビルマで終戦を迎えた将兵としてはむしろ自然である。後遺症もなければ病を患ったこともない頼もしい部下だった。

「英語力を調べられただけだ。連絡係にでもされるかも知れんが、まあ面倒なことはなかろう。ネプチューンをもらったからあとで隊に回す。お前も一口くらい吸っておけ。噂にたがわぬうまさだ」

「それはありがたいですね」

汗と泥を洗い流したあと、頭に泡を立てながら島野兵長は表情を緩めた。

「運が巡ってきているのでしょうか。実は自分もネプチューンを入手できそうな案配なんです。先ほど気のいい物売りが調達を約束してくれましてね」

「英印軍につてがあるのか」

「本人はそう言ってました」

顔の利くビルマ人と接点を得たことが重要なのである。遥か彼方《かなた》と言っても過言ではないエニン村の情報を得るために島野兵長は日々努力を重ねていた。

アラカン山系で死に損ねたことでその人生観は見るからに変わった。

六の川から退がったあとグクイム道で衛生勤務者と接触することはできたのだが、新たに患者を収容する余力など先方は持ち合わせていなかった。結果として北原は佐々塚兵長の言葉どおりに動くこととなった。軍医見習士官を捕まえて爆片の摘出手術を迫ったのである。拳銃を抜かずに済んだのは軍法会議を覚悟して当たったからだろう。よほど鬼気迫って見えたのか軍医見習士官は睡眠を削って北原たちの幕舎に来てくれた。

非合法には違いない。しかし正しい行為だったと今でも思う。兵站病院でしばらく過ごしたあと島野兵長はそれまで以上の積極性を発揮するようになった。頭の中に佐々塚兵長の存在があるのは明らかである。

「梅本はどこだ」

「あそこです」

梅本上等兵は深みで平泳ぎをしていた。監視兵の目を引かぬよう注意しつつ島野兵長は呼びに向かった。

水を浴びる兵隊たちは海開きの子供のようである。このところ浅瀬で相撲を取る一団が見られ、監視兵たちは興味深げに眺めていた。北原に目を向ける者はさしあたってない。英人大尉が何かしらの注意を与えているとしても気にする必要はなかろう。スルサーラ道でのあれこれを訊かれた日に島野兵長や梅本上等兵と距離を取っていればかえって不自然だった。

歩み寄ってきたふたりに北原は告げた。

「体を洗いながら聞け。モンテーウィンは無事だ。エニン村で暮らしている」

さすがに驚きはしたものの手が止まることはなかった。島野兵長は顔に石鹼をこすりつけ、梅本上等兵は頭に石鹼をこすりつけた。

「根拠は伏せるが確かだ。よって物売りとの交渉は断て。英印軍は反英ゲリラの接触に警戒を強めている恐れがある」

北原が呼び出されたと聞いた時点で両名ともがジョゼフ・カールトン中尉の手紙を思い出しただろう。インパール作戦の中止からおよそ一年間で大隊はテナセリウム地区まで落ち、そのあいだスルサーラ道の記憶はたびたび話の俎上《そじょう》にのぼり、梅本上等兵も手紙の内容を知るに至っていた。

「戦犯うんぬんの心配はない。とにかく詳しいことはおりを見て聞かせる。しがない将校を煮て食うほど英印軍も暇ではないのだ」

「分かりませんよ。ドーナ山系の向こうにも連中はいるわけですし。あいつらは自軍の正義を強調したいがために戦犯とやらを作っているだけです」

島野兵長は石鹸まみれの顔で東方の稜線を仰いだ。兵隊が使うドーナ山系との呼称は南ビルマとタイを隔てる山々を単純にさしており、同山系の実際とはだいぶ異なる。戦中までの語意で言うなら戦地と非戦地の境界といったところだった。

タイにも収容所がいくつも設けられ英印軍が駐留している。戦犯追及に国境はなく、今日もその手の任務を抱えたイギリス人が飛行機で行き来しただろう。

スルサーラ道における言いがかりと、想像されるジョゼフ・カールトン中尉の性分から推せば、心配ないと言われたところでにわかには安心できまい。ましてやモンテーウィンの名までが出てくる尋問である。「小隊長殿こそ、より気をつけるべきです」と島野兵長は硬い声で言った。

彼らが日々針金細工の腕を上げているのはモンテーウィンの今を知るためであり、モンテーウィンが無事に戦後を迎えていなければやりきれないからである。それはひとえに佐々塚兵長の記憶が強いからである。梅本上等兵にとっては目をかけてくれた上級者であり、島野兵長にとっては命の恩人だった。

どこかで生きているのではないか。あるいは英印軍に捕らえられたのではないか。そうした思いもあったろう。モンテーウィンの名が出る尋問において佐々塚兵長の名が出ぬはずはなく、北原が触れずにいるのは死が確定したからだとふたりはすでに察していた。島野兵長が顔をすぎ始めると梅本上等兵は逃げるようにまた深みへ向かった。

顔を執拗にすすぐ島野兵長の背中に北原はひとつ質問を投げた。

「佐々塚が磁石を使っているのを見たことがあるか。方位磁針だ」

顎からさかんに滴を落としながら島野兵長は「いいえ」と答えた。当時北原班にいた兵の誰ひとりとして持ってはいなかったろうとのことだった。

「ずいぶんと細かなことまで調べられたんですね」

「いろいろあったからな」

「小隊長殿には我々のうかがい知れぬ苦労も多々あったのでしょうね」

「それはお互い様だ」

北原が単身でツンフタン部落へ向かったときには逃亡を疑う声も上がったほどである。見習士官が指揮官となった時点で班員たちは心労を溜めていただろう。

思い返すだに悔いの念が込み上げる。モンテーウィンの逃亡があり、ジョゼフ・カールトン中尉との口合戦があり、未知の兵器の洗礼があり、部下の死があった。そのことごとくに北原は充分な対応ができなかった。

「少尉の階級章をつけている我が身を省みると恥ずかしくなる。例外はこうして水を浴びているときくらいだな」

「それこそお互い様ですよ。下士官の代わりなど到底務まらない自分が佐々塚兵長殿と同階級です。終戦時に実役停年を超えていただけで進級です。穴があったら入りたいくらいです」

周囲の俘虜がぼちぼち上がり始めた。島野兵長は「いつまで浸かってるんだ」と梅本上等兵を呼びつけた。さっさと気持ちを切り替えろという意味だった。

遠く稜線を走らせるドーナ山系に早くも茜《あかね》が差していた。アラカン山系ほどではないにしろ密林に覆われた山々には違いない。道を一歩外れれば迷路だろうし、たとえ乾期であっても方位磁針なしには方角など満足に分かるまい。

佐々塚兵長は一か八かのつもりでモンテーウィンを送り出したのだろう。胸の内でそんな結論を出したとき監視兵が水浴びの終了を告げた。顔を拭いながら近づいてくる梅本上等兵に北原はさして期待もせずに問うた。

「佐々塚が方位磁針を使っているのをお前は見たことがあるか」

予想に反する答えが返ってきた。

「見たことはありません。アラカン山系へ入る前に捨てたのだと思います」

ぞろぞろと岸へ向かう俘虜に合わせて梅本上等兵はこざっぱりとした表情を作っていた。続けるべき質問がにわかに出てこない北原を彼は不思議そうに見た。

「方位磁針の購入をよくご存じですね」

「いつどこで購入したのだ」

なかば川に取り残される形となり、「監視兵の目が向きかねません」と島野兵長が急かした。

軍衣袴は隊ごとに並べられ、体の水気をとった俘虜はそれぞれの位置で身なりを整えていた。

自分の軍衣袴へ歩み寄りながら梅本上等兵は購入の経緯を簡単に語った。エニン村に駐屯していた頃、休日にワナムなる町のバザールへ行ったのだという。ものの流れで立ち寄ったガラクタ屋で方位磁針を見つけたとのことだった。

「どんな方位磁針だ」

「小さなものです。ガラスにひびが入っていました。雨期のアラカン山系では錆びると知れきっていますから土屋隊の任務を知った時点で見切りをつけたでしょう」

どうしてそんなガラクタを購入したのか。詳しいことはまた機を見て聞くしかなかった。インド兵のひとりと目が合い、北原は体を拭きながら自分の軍衣袴へ向かった。

無用なことを考えずにいれば収容所生活は悪いものではない。伝わる噂からすると自動貨車大隊はかなり運が良かったようである。食事は充分とは言えぬものの、物売りの果物で補えば空腹をまぎらわすことはできた。

おかげで俘虜も決してみすぼらしくはない。軍衣袴をまとえばどれもまっとうな軍人に見える。先刻まで子供のようにはしゃいでいた者も整列時には階級相応の顔つきになっていた。

確かに人は服装どおりの人間になる。

少尉の襟章に覚える羞恥を抑えつけて北原はひとりの将校に戻った。

終

休日も単独行動は許されない。事故防止のためである。その肝は身分を忘れぬことにあり、自動貨車大隊では階級の異なる者との外出が徹底されていた。外出証の受領も帯同者と共に行わせるのだから念が入っている。上級者に体面を意識させ、下級者に緊張を維持させておけば、事故と呼ばれるものの大半は防げるというわけだった。

その日、佐々塚はワナムの町へ行くに際して梅本一等兵を帯同者とした。指名にさしたる理由はない。粗忽者《そこつもの》でなければ誰でも良かったのである。

上級者との外出が嬉しかろうはずはないが、梅本一等兵は素直についてきた。着隊から半年ほどの兵隊だった。まだどこかあか抜けず、タクシー型の牛車に乗り込んでからは背筋をピンと伸ばしていた。指導を受けると思ってか、それとも良からぬ噂を聞いてか、佐々塚を恐れている風でもあった。牛車を降り、町の大通りに踏み込むと、おそるおそるといった様子であいまいな質問を口にした。

「何か個人的なご用件でありますか？」

「心配するな。焼きそばを食いたいだけだ」

ワナムは街道をはさんで広がる中規模の町だった。バザール通りはいつでも賑わっている。土埃の舞う中、果物だの雑貨だのを並べる店が軒を連ねていた。

仏教のからむことを除いては何ごとにも大らかな国である。食を商う店も茶を商う店も土埃など気にしない。焼きそば屋の店主が日本人並みの衛生観念の持ち主であることを祈りたかった。

「ビルマにも焼きそばがあるとは知りませんでした」

「先日トラックに乗せた衛生勤務者からの情報だ。バザールの南外れに近ごろ屋台が現れるらしい。兵隊目当てだろう」

バザールへの空襲を敵が控えていることもあり、乾期に入ってからは混雑がひとしおだった。その光景を一言で表すなら民族の坩堝《るつぼ》である。大きく分ければビルマ人とインド人と日本人だが、少数民族はみずからを誇示するような特徴的な身なりをしており、どうかすると通りは博覧会場じみていた。

日本人のほとんどは言うまでもなく兵隊である。しかし商魂のたくましい手合いは遠慮などしない。通りの中ほどまで進み、ガラクタを並べたような店の前にさしかかったとき、佐々塚は呼び止められた。

「そこの隊長さん、ちょっと待ちなさい」

合歓《ねむ》の木陰に開かれた露店のオヤジだった。粗末な竹椅子でオヤジは足を組んでいた。

「誰が隊長だ」

「あんたですよ。線の入っている階級章は偉い人がつけるものでしょう」

「線入りの中では最下級だ」

「でも下っ端の兵隊よりは偉いのでしょう」

「下っ端の兵隊だよ」

オヤジは如才ない顔つきをしていた。隊長と呼ばれて気を良くする類に見られたのならば情けないことだった。

立ち去るべく梅本一等兵をうながしたとき、どういうつもりかオヤジは軍衣を摑んだ。それから佐々塚の背後に視線を流し、思いもよらぬことを言った。

「下っ端のふりをしているのですか？　スパイの尾行を受ける程度には偉いのでしょう？」

オヤジの視線を追うと三十代半ばとおぼしき女と目があった。女はとたんにうろたえ、あたふたと立ち去った。大きな尻でロンジーを膨らませた典型的なビルマ女だった。

「あの女が俺をつけていたのか？」

「あんたの背中からかたときも目を離さずにいましたよ。あんたが立ち止まったら、あそこに立ち止まったんですよ」

梅本一等兵も日常会話程度のビルマ語は習得していた。「見てきます」と女を追いかけようとした。

「よせ」

スパイの息がかかったビルマ人は少なくないとしても、自動貨車大隊の兵長ごときを尾行したところで得られるものなどありはしない。なにより余計なまねを慎むのが無事故の鉄則である。商売女だとすればそれこそ面倒になりかねなかった。

「オヤジ、目ざといな」

「商売をやっていればね」

露店はずいぶんと風変わりだった。使い古しの万年筆や手帳はともかく、軍靴のものだろう紐や鋲《びょう》、傷みの激しい帯革、得体の知れない機械部品などが乱雑に並べられていた。よくよく見れば機械部品の多くは自動車のものである。破損したディストリビューターやプラグを眺めながら佐々塚は呆れた。

「こんなものどこで仕入れたんだ」

「イギリスの車から取ったんですよ」

とある河の渡船場で野ざらしにされている車両から外したという。ビルマを追われる際に遺棄されたものだろう。むろん遺棄車両は日本軍も鹵獲しており、早い話がその目こぼしを売っているのだった。

「隊長さん、なんか買ってくれ」

「必要ない物ばかりだな」

「じゃあこれはどうだね」

自転車のチューブを押しやってオヤジは方位磁針を取り上げた。

「隊長さんなら予備として持っていても損はないでしょう」

「本物の隊長ならな」

方位磁針のガラスは曇り、端にはひびが入っていた。気圧の上がるたびに微細な埃が入り込む代物である。敵兵が使っていたのだろうし、ならば死体から回収されたのかも知れなかった。

「日本軍はインドへ進むってもっぱらの噂だよ。アラカン山系を越えるとき迷子になったら大変だから持っておきなさい。かさばりはしないでしょう」

値段は三ルピーだという。佐々塚は押し返した。

「高いですか。では二ルピーでどうですか」

「せいぜい四アンナだな」

「四アンナはひどい」

さっきの女と一芝居打ったように見えなくもなかった。商いをしている者はどうしても悪擦《わるず》れするだろう。兵隊の他は見向きもしない品揃えであればそれくらいの工夫はしそうな気がした。

「では一ルピーでどうですか」

すがりつくオヤジを佐々塚は振り切った。法外なガラクタ屋である。物価の上昇はみられても一ルピーあれば焼きそばを五人前ほど食えるはずだった。


話にたがわず焼きそば屋はバザールの南外れに出ていた。ずいぶんと評判を取っているらしく、通りを逸れたアカシヤの林には七つものテーブルが設えられ、そのほぼすべてが他部隊の将兵で埋まっていた。

店主は商才に長けていそうな雰囲気の華僑で、その味付けは見事としか言いようがなかった。あえて名付けるなら油炒め塩焼きそばである。日本人の好みを知っててか、鼻につかぬ程度にガピーの風味が効いていた。「これはおいしい。とてもおいしいです」と梅本一等兵はほとんど感動し、おかわりを注文した。

食うことは戦地における最も重要な楽しみだった。自動貨車大隊の兵食がまずいわけではないが代わり映えしない献立にはどうしても飽きが来る。足を運んできた甲斐はあったと佐々塚は満足した。

「あの女がいます」

箸を置いてバカ丁寧に合掌したかと思うと、視線をテーブルに落としつつ梅本一等兵がささやいた。

「街道方向の木陰から兵長殿を注視しています」

「ひとりか」

「見たところひとりです」

いかなる素性だろう。どこからつけてきたにせよ、兵隊ばかりの焼きそば屋にまで追ってくるとなればただごとではない。スパイではないとの確信はあっても気持ちの良いものではなかった。

「大回りして背後から声をかけろ」

梅本一等兵をあさっての方向へ送り出して佐々塚は店員を呼んだ。利発そうな顔をした華僑の子供だった。

勘定を頼むと子供は店主とのあいだを一往復した。それから「どこで店の話を聞きつけましたか」「味はどうでしたか」と質問した。商魂もさることながら日本語を覚えるためのように思われた。

ひとときその相手をしてから腰を上げると、梅本一等兵がアカシヤの木陰で女を問い詰めていた。

「よせ。人目があるんだ」

兵隊と女が向かい合っているだけで邪推を招きかねなかった。女はここでもうろたえ、佐々塚と目を合わせるとしおれるようにうなだれた。どう見てもそこらの百姓の女房だった。

「いったいなんだ。何が目的だ」

なぜか女は佐々塚の名を知っていた。

「悪気があってのことではないのです。ただ佐々塚マスターとお話がしたかったのです」

「なんの話だ。あんた誰だ」

女は答えをためらった。梅本一等兵の存在をひどく気にしていた。

「他聞をはばかる話か」

「はい」

逃げるつもりはもうないらしく、距離を取る梅本一等兵を確認すると女はおもむろに名乗った。

「わたしはマキンヌエと言います。モンテーウィンの母です」

内容はともかく話が簡単に済むとは思えなかった。かといって人目のある場所でいつまでも立ち話をするわけにはいかず、林や森へ連れ込むわけにはなおさらいかなかった。薹《とう》が立っていようと女は女である。ビルマ人の目はまだしも、私服憲兵あたりなら風紀靡爛《びらん》がどうのと大隊に連絡しかねなかった。

　ガラクタ屋を借りることにしたのは我ながら良い思いつきだった。オヤジと梅本一等兵を茶店へ追い払ってから佐々塚はマキンヌエを手招いた。

「その椅子に座れ。縮こまるな。やり手のような顔でいろ」

　驚いたことにマキンヌエは朝から駐屯地を見張っていたようだった。梅本一等兵がいなければエニン村を離れてすぐに声をかけるつもりでいたという。牛車を牛車で追いかけ、バザールの人ごみを必死にかきわけ、その間ずっと佐々塚がひとりになってくれるのを願っていたのだった。

「それはいい。とにかく用件を聞かせろ。いったいなんだ」

　マキンヌエはしきりと視線を泳がせた。ガラクタ越しに立つ佐々塚に上目を使い、またうなだれ、そのまま何度か深く呼吸し、やがて意を決するように顔を上げた。

「モンテーウィンの兵補を解いてもらいたいのです」

　思わず背後を振り返ったのは心のどこかにやましさがあるからだろうか。ガラクタ屋には目もくれぬ人々を眺めながら佐々塚はいったん心を鎮めた。

　モンテーウィンが兵補となったのは志願の結果である。ただし、きっかけを作ったのは佐々塚である。さしあたっての問題はマキンヌエがそれを明らかに知っていることだった。むろんモンテーウィンがしゃべったからでしかない。

　タバコをくわえながら確かめたマキンヌエの顔は、鬼班長を前にした初年兵のようだった。大それた要求であることは重々承知しているのだった。

「だから縮こまるなと言ってるんだ。ゴロツキにからまれているように見える。あんたも一服つけろ」

ビルマの喫煙率は高く、婦人も多くがたしなんだ。マキンヌエは驚くほど大きな煙をひとつ吐いた。

「なぜ俺にそんな相談をするのだ。俺は下っ端の兵隊だぞ」

そこで偽りを述べるようであれば話を打ち切るつもりだった。ところがマキンヌエは呆れるほど正直に答えた。

「申し訳ありません。モンテーウィンに聞きました。経緯も含めて」

「しゃべったら殺すとあいつには告げたんだがな」

「それも聞きました。わたしが強引に聞き出したのです」

マキンヌエは再び詫びた。

「どうかモンテーウィンを責めないでください。わたしがしつこく問い質したから答えざるを得なかったのです。事情も知らずに食い下がったわたしが悪かったのです。あの日わたしは野良に出ていたものですから話を聞いてとても信じられなかったのです。モンテーウィンが大声で空襲を知らせたことも、滅多にお目にかかれない偉い隊長さんに誉められたことも」

気の弱いモンテーウィンがいの一番に敵機の飛来を知らせた。居合わせた大隊長に賞賛され一躍脚光を浴びることになった。

心優しい者ばかりが暮らすビルマにも優劣による序列はあり、それまで存在を軽んじられていたモンテーウィンの立ち位置は変わった。爆音察知が早くなった理由として「夢に現れた仏陀が空への注意をうながした」との説明がなされたことも大きい。一目置かれたことにより、年頃の娘の視線も注がれるようになった。

周りの変化はモンテーウィン本人をも変えた。日本軍に頼られることを喜び、トラックにも進んで乗り込むようになり、志願前から事実上の兵補となった。父親は日英開戦前に天然痘で他界しているが弟が三人いるから家も野良も心配はなかった。その弟たちの憧憬のまなざしにも応えようとモンテーウィンは張り切り続けていた。

「わたしもモンテーウィンが立派になったことが嬉しく、佐々塚マスターにはそっと感謝申し上げていました。パゴダ参りでは佐々塚マスターがずっと駐屯してくれるよう祈るのが習慣付きました。ですが」

「ちょっと待て。俺の恫喝をモンテーウィンはいつしゃべったのだ」

「あくまで仏陀の思《おぼ》し召しだと一週間ほどはぐらかされましたが」

さすがに親はごまかされなかったということだろう。偽りを続けるほどにモンテーウィンも胸を痛めただろう。仏陀を持ち出すことがそもそも畏れ多い。一週間も口を割らなかったのならば、むしろよくがんばったと言うべきかも知れない。佐々塚を追いかけるほどであればマキンヌエの追及は厳しかったはずである。

「あんたの他には誰も知らないよな」

「それはご安心ください。わたし以外の誰がモンテーウィンからそんな話を聞き出せるでしょうか」

マキンヌエはあくまで普通の百姓でしかない。日本兵の前では縮こまりもする。一方で必要とあらば度を超えた要求をする。佐々塚はふと奇怪な生き物と対峙しているような感覚に包まれた。奇怪というよりは異質というべきだろうか。民族の別は関係ない。マキンヌエの強さは話に聞く母親の強さに違いなく、それは両親の顔すら知らぬ震災孤児が初めて目の当たりにするものだった。

「あんた、俺が怖くなかったのか。殺すとの脅し文句を使う日本兵が」

「事情を知ったときは怖く思いましたし軽蔑もしましたが、たくましくなっていくモンテーウィンを見るうちに気持ちが変わりました。日本人の厳しい教育や指導はきっと正しいのです。ましてや戦争にあっては」

感謝の念にも偽りはないらしく、佐々塚を見るマキンヌエの目には敬意が感じられた。それでいながら要求に踏み切ったのは、おそらく空襲が増えたからである。

この乾期に入って以降、中隊はすでに二台のトラックを失っている。大隊全体で言えば二桁になる。

諜報の網をビルマ全土にかけている敵のこと、インパール攻略に向けたビルマ方面軍の動きもとうに摑んでいるだろう。ただでさえ将兵や新聞は次はインドだと壮語してきた。激しくなる空襲を見ながらビルマ人は不安を高めている。

「日本軍はいよいよインドへ向かうと聞きました。佐々塚マスターの部隊も向かうのではありませんか？」

モンテーウィンを執拗に問い質した時点でマキンヌエはたぶん案じていたのである。モンテーウィンが日本軍に重宝がられることを恐れていたのである。

そう理解したとき佐々塚ははたと思い当たった。モンテーウィンが空襲警報を他人任せにしていたのはマキンヌエの指示ではなかろうか。

「今でこそ溌剌《はつらつ》としていますがモンテーウィンは根が憶病です。イギリスの兵隊と出くわすようなことになれば腰を抜かしかねません。飛行機の心配だけしていればいい場所でないとお役には立てないと思います」

兵補の採用や解雇は佐々塚の意思でどうにかなることではない。マキンヌエがそれを分からぬはずがなく、佐々塚は母親というものをいよいよ恐ろしく思った。

上の人間に脅しをかけろ。

そう言っているのである。モンテーウィンを脅したように、古参下士官や将校を脅して兵補から外させろ。それが、きっかけを作った者の責任だと言っているのである。

無理な話だった。人事に関わる下士官や将校とは日頃の接点すらない。なにより佐々塚自身がモンテーウィンを軍務に不可欠な人間とみなしている。モンテーウィンの存在が生死を分けるとの認識が隊にはもう定着している。

インパール作戦がいざ発動されたら、支援にあたる自動貨車大隊への空襲はいっそう激化する。たとえトラックのすべてを失っても物資輸送は終わるまいし、より危険な場所でこそモンテーウインは使われることになる。

「聞かなかったことにする」

　ガラクタ屋の商品を佐々塚はぼんやりと見おろした。これは敗走した軍隊の残骸である。物資は言うにおよばず、倒れた仲間も見捨てて逃げるのが敗走である。死んでも経験したくないことだった。

　末端の兵隊もすべての面において友軍の利を考えねばならない。漏れ伝わるインパール作戦は決して易しくない。アラカン山系の険しさと制空権を握られている状況を考えれば誰にでも分かることである。

「モンテーウィンはもう十七だろう。日本でも現役兵を志願できる年齢だ。あんたも親なら息子の意志を尊重すべきだ」

　詫びたがる心を殺し、他聞をはばかってくれたことへの感謝の念を殺し、佐々塚はきっぱりと突き放した。

「きっかけがなんであろうとモンテーウィン自身が志願したのだ。あいつのことだ、自分という人間の価値に初めて喜びを覚えたのだろう。たとえ親でもそれを取り上げる権利はない」

　亭主を失ったおりの悲しみもマキンヌエに勇気を振り絞らせた一因だろう。他に三人の息子がいたところで失うことへの恐怖は薄れるものではあるまい。戦地に暮らす者には耐えてもらうしかなかった。

　佐々塚は吸い差しを踏み消した。

「志願はあんたらのためでもあるんだ。モンテーウィンのおかげであんたらは村での暮らしが楽になったろう。兄が日本軍に頼られていれば弟たちも鼻が高かろう。二度と妙な画策はするな。立派な息子を誇りに思っていればいいのだ。さあ分かったら帰れ。野良仕事にだけ精を出せ」

軍国の母でいろとの要求に等しかった。それはしかし決して無体なことではなかった。ビルマにも国軍が誕生した。兵士となった息子を親たちはきっと誇りにしている。

モンテーウィンはたとえ兵補を解かれても野良仕事には戻るまい。そう押しかぶせる佐々塚にマキンヌエは顔を伏せた。落涙をこらえつつも顔が再び上げられることはなかった。バザールの人ごみへと消えるその姿はひどく小さく見えた。

脅しをかけずに済んだのだから幸いと思うことにした。溜息をこらえながら佐々塚は改めてガラクタを見おろした。

結局は方位磁針を買うよりなさそうだった。場所を借りたことも含めれば一ルピーは妥当だろう。

オヤジの言っていた通りかさばるものではない。役に立つ日が来るかも知れない。ひびに蠟《ろう》を垂らしておけば、たとえ雨期のアラカン山系に押し出されても錆びることはないはずだった。

本書は「小説推理」二〇二二年三月号～二〇二三年一月号に
隔月連載された作品に加筆、訂正したものです。

古処誠二◆こどころ せいじ

1970年福岡県生まれ。2000年、メフィスト賞でデビュー。10年、第3回「(池田晶子記念)わたくし、つまりNobody賞」受賞。17年『いくさの底』で第71回毎日出版文化賞、翌年、第71回日本推理作家協会賞（長編および連作短編集部門）を受賞。主な著書に『中尉』『生き残り』『ビルマに見た夢』など。

敵前《てきぜん》の森《もり》で

2023年4月22日　第1刷発行

著　者――古処誠二

発行者――箕浦克史

発行所――株式会社双葉社

東京都新宿区東五軒町3-28　郵便番号162-8540
電話03(5261)4818〔営業部〕
　　03(5261)4831〔編集部〕
http://www.futabasha.co.jp/
（双葉社の書籍・コミック・ムックが買えます）

DTP製版―株式会社ビーワークス

印刷所――大日本印刷株式会社

製本所――株式会社若林製本工場

カバー印刷――株式会社大熊整美堂

ISBN978-4-575-24620-9 C0093